はやく一人になりたい！

村井理子

亜紀書房

はやく一人になりたい！

Ⅱ 家族のことをがんばらない

contents

III 暮らしを穏やかにする

IIII

なつかしい人と味

Ⅱ

家族のことをがんばらない

あの頃の私に言ってあげたいこと

小さく生まれた双子の息子たちが、出産直後から数週間入院していた病院から家に戻ってきた日、これでようやく、この子たちと暮らすことができるとほっとした私は、この後数年の苦労を全然理解していなかった。十三年前の自分に会えるとしたら、何を言ってあげたいだろう。言いたいことがありすぎて無言になってしまいそうだ。とりあえず、「睡眠大事！」かな……。

入院中から看護師さんには、「二人が目を覚ます時間を同じにしてあげることが大切です。同じ時間にミルクを飲ませて、同じ時間にお昼寝をさせるんです。そうしないと、お母さんの寝る時間がなくなってしまうから」と繰り返し言われていた。実際に子育てをはじめてみると、同じ時間にミルクを与えたとしても、二人はそれぞれが勝手気ままに昼寝をし、こちらの迷惑など考えずに突然泣き出し、泣き出すだけならまだしも、その大声で寝ているもう一人を起こすようになった。つまり、昼夜を問わず、わが家の双子は交代で、延々と泣き続けた。

二人が同時に眠ってくれる奇跡の時間が、私にとって唯一の心安らぐひとときだった。二人から解放されて、自分自身と向き合う時間を持つことができるのだ。この時間は子どもが生まれるまでは当然のようにあるものだったし、奪われてみてはじめて、自分にとって大事だったと理解した時間だった。

しかし、退院からわずか一ヶ月で体はボロボロ。睡眠不足で目の下にはクマがくっきりと浮かび上がっていた。そんな状態でも、自分の好きな時間を削ることはできなかった。メールをチェックしたい、マンガを読みたい、音楽を聴きたい……。結局、ソファに寝転がって、眠い目をこすりながら趣味に時間を費やし、どちらかが目を覚まして泣き出すと、ため息をつきながら育児に戻るという生活を続けていた。当然、心身共に疲れ果てた。

あの頃の私はまるでハリネズミのように頑《かたく》なで、全身からトゲを出して周りを遠ざけていたように思う。手を差し伸べられることが、なによりプレッシャーだった。双子で大変だからと、せっせとわが家に通ってくる親戚にもうんざりしてしまった。自分の育児の不備を責められているように感じたのだ。自分に与えられたわずかな自由時間でさえ、私を助けようと家にやってくる人たちに潰される。母親が自由な時間を楽しむことは、育児をサボることだと思われているのだろうかと疑心暗鬼にもなった。だから、ひとりでなんとかしようと必死になった。必死になるあまり、いつの間にか自分を追いつめていたのだ。

双子が一歳になった頃、長期にわたる睡眠不足で体だけでなく心まで悲鳴をあげ、何も手につかなくなって、夫が真っ青になるほど感情を爆発させた。いわゆる、育児ノイローゼのような状態だったと思う。結局私が何をしたかというと、夫に双子を押しつけ、ただひたすら眠った。目覚めたとき、灰色の雲に覆われていた私の心には、多少の晴れ間が覗いていたように思う。これ以降は、意識して睡眠時間を確保した。

子どもは大事。でも自分だって同じぐらい大事。あの頃の私には、この視点も欠けていたと思う。私はもっと自分を守るべきだったし、周囲の人に助けを求めるべきだった。

育児は、自分さえ我慢すればすべてがうまくいくと考えてしまいがちで、実際、少し我慢すればスムーズにことが進む場面が多い。でも、そこが大きな落とし穴なのだと私は思う。その少しが積もり積もって大きくなって、いつかどこかで、心や体に不具合が出る、そのときにダメージを受けるのが子どもにとって大切な存在であるお母さんであっては悲し過ぎる。子どもと同じぐらい大切なのは自分なのだと再認識することで、たくさんある悩みのうちの、ひとつぐらいは解決するかもしれないのだ。

肩の力を抜いていこう

何年ものあいだ、自分が必要以上に頑張りすぎていたことにようやく気づいたのは、大病で入院し、手術をして、半年が経過したころだった。自分のことをないがしろにしているつもりは毛頭なかったが、それでも自分のことは二の次で、育ち盛りの双子の息子たちを育てることに必死になっていた。そして、それが正解だと思っていたし、自分はいい母親だろうと考えていた。なにせ、私は自分の時間の多くを子どもや家族のために捧げて、家の中のことが万事うまくいくように努力を重ねていたのだ。家族の幸せが、自分の幸せだと思っていた。それが、自分を削る行為だったことに、全く気づかないままで。

そんな私が、突然、心臓弁膜症に罹《かか》っていることがわかった。しばらくのあいだ心不全の状態に陥っていることに気づかず、倒れた日も、夕食の買い物に出かけていたほどだ。とうとう体が動かなくなり、病院に行き、緊急入院を告げられてもなお、私は子どもの学校のことや食事のしたくについて病室のベッドのうえでやきもきしながら心配していた。今にして思えば、なにより大切なのは自分の命だというのに、その時の私の頭のなかをびっしりと埋めていたのは、家族の生活のことだったのだ。

入院生活を送りながらも、私は子どもの心配をし続けていた。学校にはどうやって行くのだろう、下校したらどうやって過ごすのだろう。夕食は？　宿題は？　次々と考えては不安になった。そんな私の気持ちとは裏腹に、私がいない家はそれなりに動き始めていた。

小学生の双子の息子たちと夫は、シンプルな食材や冷凍食品をスーパーに買い出しに行っては、三人でちゃんと食べていた。部屋は汚れ放題ではあったが、洗濯もして、ベランダに干して、子どもはちゃんと洗濯され、畳まれた体操服を学校に持って行くことができていた。夫もフレックスタイムを利用しつつ、出社し続けた。友人たちが、子どもが好きそうな食材を、玄関まで届けてくれた。当時飼い始めたばかりで、まだ子犬だった愛犬のラブラドール・レトリバーのほうが、子どもよりよっぽど手がかかるようだった。その子犬も、近所のドッグスクールの校長が預かってくれた。多くの人たちの協力を得て、家はちゃんと回っていたのだ。それを理解した瞬間、私は心の底から安堵《あんど》し、治療に集中できるようになった。

医師に、今までずっと症状が出ていたはずだと言われ、ようやく自分の生活や体調を振り返る時間を持った。まったく気づかず暮らしていたと言う私に医師は、「その状態に慣れてしまっていたのですね」と返した。その言葉が妙に心に残り、ベッドに横になりながら、自分のそれまでの生き方を省《かえり》みた。そしてじわじわと、自分が危険な橋を渡っていたことに気づいていった。

私はなにか、決定的な間違いをしていたのかもしれない。自分が失ったものは、もう二度と取り戻すことはできない。これからどうして生きていけばいいのか。それよりなにより、私は生きのびることができるのだろうか。そんな不安を抱え、どんどん暗い穴に落ちていくような気持ちだった。

数週間にわたって検査を繰り返し、最終的には大学病院に転院して、手術を受けた。手術は成功し、無事退院し、自宅での療養生活に入ったのは、病気が発覚してから、三ヶ月後のことだ。

実は、大変だったのはここから先だった。体は元気になった。しかし、手術直後から精神的に不安定になる時間が増えた。その原因は、死への恐怖でもあったし、自分をないがしろにしていた後悔の念でもあったし、この先の人生への強い不安でもあった。長い入院生活を経験して、精神的にも肉体的にも、病院に順応することでバランスを保っていた私は、家にいることに居心地の悪さまで感じるようになった。受け入れることができたのは、大きく成長した愛犬だけだった。ただ横に居続けてくれる犬から、安らぎを感じていた。

その愛犬と一緒にゆっくりと散歩をしたり、窓際に置いたベッドに寝転がって空を見上げるような日々を半年過ごし、私はとうとうひとつの考えに辿りついた。今までの私は間違っていた。自分をないがしろにすることが、子どもへの愛だと思っていた。自分を犠牲にすれば、すべてがうまくいくと思っていた。でも、それは間違っていたのだ。私のそばに、ただ静かに存在している愛犬が、そう教えてくれているような気がした。そこにいるだけで、誰かにとって大事な存在になることはできる。そう気づいたのだ。

さて、手術を無事終え、二年が経過し、健康を取り戻した今の私がどんな生活を送っているかというと、まるで別人のような暮らしを楽しんでいる。家事はできることを無理せずに最低限しかやらない。料理は、食材の宅配や冷凍食品を駆使している。もちろん、余裕のある週末に気が向いたら煮込み料理などを作るときだってある。週に三回は便利な調理キット（下準備された野菜や肉などがセットされている）が届く。用意するのはフライパンと油だけだ。大好きだったお酒はすっぱりやめてしまった。

子どもは中学二年生となり、思春期に突入し、毎日が丁々発止のやり合いだけど、それも楽しんでいる。子どもたちは、たっぷりストックしてある冷凍食品や簡単なメニューの作り方を覚えた。目玉焼きなどお手のものだ。

私はといえば、手術前に比べて仕事量が格段に増えた。無理をせずに働くこつを摑んだのだ。愛犬と一緒の午後の昼寝も欠かしていない。好きな映画を次々と観ている。気の合う友達と、ランチを楽しむ時間も大好きだ。自分を一番大切にしている。

家族の幸せと自分の幸せは別ものだ。家族の幸せを願うのならば、なにより自分の幸せについて考えなくてはいけない。自分を削って無理をすることが、愛することだと勘違いしていた私がいま考えるのは、そんなことだ。自分を大切にして、無理をしない。そう思えた瞬間から、目の前が拓《ひら》けていくのだと思う。

これからの母

これまで十三年間の育児を振り返ると、楽しいことも、苦しいことも、数え切れないほどあったなぁと、ほのぼのとした気持ちになる。でもその瞬間、このほのぼのとした気持ちは、子どもが何ごともなく無事に育ってくれたからこそ抱く感情なのだということも、私にはわかっている。

実際、私の育児は危ない橋を渡り続けていたと思う。ギリギリの状態で育児を続け、多くのことを犠牲にしてきた。三十四歳、初産で双子という無茶な状況で、二人が乳幼児期の詳細な記憶はほとんどない。それほど過酷な育児だった。まだ歩くこともままならない時期の写真を見ても、かわいいと思うより、苦しい気持ちが先に立つ。私が今まで最も犠牲にし続けていたのは、他ならぬ自分自身だったことを、今の私はよく知っている。

いくら社会が変わりつつあると言っても、いくら男性の育児参加が進んだと言っても、子育てにおいて母親に重くのしかかるプレッシャーは、様々な方法で私たちを今なお苦しめる。

子どもの食べ物の好き嫌いが多いのはお母さんの料理に問題があるのでは？　子どものかんしゃくはお母さんの愛情が足りないからでは？　成績が悪いのは、母親の関与が足りないのでは？

はっきり面と向かって言われなくても、そう思われているのではないかと考えるだけで、私たちは疲れ切ってしまう。私たちは、この時期さえ過ぎてくれればきっとすべてがうまくいくという思いにしがみつくようにして暮らしている。子どものうれしそうな顔を見れば、そのときは気持ちも晴れる。私さえ我慢すれば、私さえここで何も言わなければ、すべては丸く収まるのだからと、私たちはいつも自分の時間を、心を犠牲にし、悲しみを封印して子どもを育てているのではないか。それで本当にいいのだろうか。たった十三年だけど育児をやってきて、それではいけないと思っている。私たちだって、自分を犠牲にしたくないのは、当然のことじゃないかと思う。

子どもはなにより大事な存在だけれど、それと同じぐらい、自分も大事だという気持ちは決して間違いではないと私は思う。私は今まで、二人の息子たちを無事育てたいと思うあまり自分を犠牲にし続け、それを愛情の証だと勘違いしていた。それが原因のひとつとなって、大きく体調を崩し、あやうくすべてを失いかけた。今思うと、なんて大きな間違いだったのだろうと冷や汗が出る。息子たちが求めていたのは私の犠牲ではなく、そこに私がいること、それだけだったのに。

すっかり私よりも背の高くなった二人の息子たちを見ていると、この子たちがここまで大きくなったのは、この子たちにその力があったからなのだということがよくわかる。今の私にとって一番大事なのは、子どもたちが元気で楽しく日々過ごしていることと、なにより、自分自身もそこで、子どもたちと一緒に笑顔で暮らしていることだ。だから、これから先もずっと、小さなお子さんを育てているお母さんたちには、なによりも自分を大事にしてねと言い続けると思う。

『母親になって後悔してる』

『母親になって後悔してる』（新潮社）という本が話題だ。イスラエルの社会学者オルナ・ドーナトが「もし時間を巻き戻すことができたら、再び母になることを選びますか？」という質問に「ノー」と答えた二十名を超える女性たちへ行ったインタビューが一冊にまとめられている。二〇一六年に出版され、ヨーロッパを中心に大きな話題を呼び、また論争を巻き起こした。その一冊がこのたび日本語に訳されたのだ。

長年お世話になっている編集者が、出版直後の本書を私に送ってくれ、そして「村井さん、ちょっと読んでみて下さいよ。パンドラの箱っすよ」とメッセージをくれた。彼女も私も息子二人を現在進行形で育てる母だ。普段から、「また事件や」とか「うちもや。最悪や」などと悩みや愚痴を共有する仲でもある。

その彼女が「パンドラの箱を開けてみよ」と言うのなら、確かにすごい一冊なのだろうと早速読み始めた。衝撃的なタイトルから得た印象とは少し違った女性たちの葛藤が次から次へと綴《つづ》られ、その声の多くが私にも思い当たることだった。若い人では二十代、年長者は七十代で孫もいる女性たちの言葉は興味深く、最後まで一気に読んだ。

そもそもは学術書なので読みやすい内容ではないが、おおよそ、以下のようなことが綴られている。母親になった多くの女性たちが一度は考えたことがある「もし、子どもを産んでいなかったらどのような人生を歩んだのだろう」という後悔の気持ちさえ、抱くことを許さない社会の圧力とは何か。子どもを愛する気持ちと、別の人生を歩みたかったという後悔の念が、一人の女性の心に同居するのは至って自然だということ。このような内容がイスラエルの幅広い年齢層の女性たちの証言を元にまとめられている。

日本でもSNSを中心に議論が巻き起こっている。「母親になったことを後悔するなんて、最低だ」「母親なんだから、子育てをして当然だ」という怒りも多い。「このような本が出版されてうれしい。でも子どもには見せられない」という現役の母たちからの声も多い。母親になったことへの後悔が、ここまで人々の感情を刺激するのは、社会の基盤が揺るがされかねないからだとオルナ・ドーナトは語っている。つまり、母がその役を降りることで、家庭が成り立たなくなり、ひいては社会全体が機能しなくなるかもしれない恐れが、人々を頑なにするというのだ。

母親の立場で本書を読んだときの印象と、娘の立場で読んだときの印象は、大きく異なる。母として読めば、確かに母親の荷は重いと感じるし、娘として読めば、実母が長年封印していたかもしれない気持ちが理解できる。「母親になったのだから、当然じゃないの」という言葉を、ドーナトも言われ続けていたのだろう。

愛や母性にすべてを委ね、母親だからと重荷を負わせる現状を変えていくことが必要なのかもしれない。母親になった瞬間に、私たちは完璧であることを求められる。でも、私たちは女神ではない。私たちの体も考えも、私たち自身のものであるべきなのだ。

卒業

私が彼女に出会ったのは、当時二歳の双子の息子たちが慣らし保育を終え、本格的に登園を開始することになった、その当日の朝だった。高齢出産での初めての育児、それもいきなり、双子の子育てだった。慣れないことばかりで、私は心身共に疲れ切っていた。子どもを終日預けることに不安を感じながらも、どうにかして助けて欲しいと悲愴な思いだった。案の定、行くのは嫌だと玄関で泣き叫ぶ双子をがっしりと抱えた先生たちが、「お母さん、早く行って！　大丈夫だから！」と、私を追い払うように言う。後ろ髪を引かれる思いで、保育園を後にしようとしていた。彼女が私の前に現れたのは、その時だった。

同い年ぐらいの男の子の手を引いた長身の彼女が、悠然《ゆうぜん》と歩いて保育園の建物のなかに入ってきた。慣れた様子で先生たちに挨拶し、園長を目ざとく見つけると、「園長先生、おはよう！　今日も頼むで！」と笑顔で言い、「ほら、はよ、行きなさい」と息子を急かし、園長に子どもの荷物をどんと預けて、立ち去ろうとしていた。明らかに新入りで挙動不審の私を一瞥《いちべつ》し、彼女はそのまま駐車場に向かった。

その後ろ姿を見ながら私は咄嗟《とっさ》に、「かっこいい」と思った。あの人と友達になっておくと、きっといいことばかりだ。なにやらボスの風格がある。先生たちとも仲がいい。堂々としたリーダーだ。よし、今度会ったら話しかけよう。

今でも、奇跡の巡り合わせだったと思う。彼女が溺愛《できあい》する一人息子は私の息子たちと同い年で、なんとクラスも一緒だった。互いの家は車で数分の距離だ。いきなり話しかけてきた私に彼女は驚きながらも、すぐに打ち解けてくれた。私も彼女の率直な性格と、周囲を楽しい気分にさせるような明るさが大好きになった。全身に力がみなぎっているようで、溌剌《はつらつ》としていた。スポーツが得意で、最寄り駅から職場までランニングで行くと聞いたときは、「どれだけ元気なんや！」と思わず言った。彼女は、にこりともせずに「そんなもん、当然や」と私に返した。

彼女にはリーダーの素質があった。保育園の保護者会で、とある行事をめぐって様々な意見が出て、議論が白熱したことが一度だけあった。司会をしていた彼女は、不規則に発言する親たちを毅然とした態度で制し、こう言った。

「ご意見は最後まで聞いてからにして下さい」

場は静まり返り、私はいたく感心してしまった。親たちが集まる話し合いの席で、意見をまとめるのは簡単なことではない。彼女は、毅然とした態度で迷走する親たちを一気に掌握したのだ。ますます彼女が好きになった。ちょっと尊敬してしまった。

保育園で出会った私たちは、あっという間に仲良しになった。彼女だけではなく、私は何人もの親たちと保育園で出会い、親交を深めた。保育園を卒園し、子どもたちの多くが同じ小学校に入学したこともあって、私たち親も、自然とつきあいを続けていくことになった。小学校の参観日には、必ずどこかで一緒に昼食会を開いた。参観よりもランチのほうが私たちには重要だった。全員が仕事に就いていることもあって、なかなか会えない分、会えば話が弾んだ。

わが家に全員で集まって、飲み会をしたこともある。全員がへべれけに酔っ払った。豪快な性格なのに酒に弱い彼女は、少し飲んだだけで顔を真っ赤にして、ベランダに寝転がっていた。そんな彼女を見て私は、ママ友なんて絶対にいらないと思っていたけれど、こんな人たちだったら全く悪くないなと思った。
あっという間に月日は流れ、小学校の卒業式となった。入学式と同じように、隣り合わせに座った私たちは、しみじみと、ほんまに大きくなったなあと言い合った。様々な行事を一緒に経験し、悩みを相談し合い、困ったときは助け合ってきた私たちの関係も、豊かなものに成長していた。

「あっという間に卒業や」
「もう中学やで」
「みんな一緒やから楽しみやわ」

卒業式が終わり、みんなで記念撮影しながらそんな話をした。未来の子育てに不安などなかった。

保育園からずっと一緒だった私たちは、中学校の入学式でも近くの席に座って子どもたちを見守った。ここまでくると、自分の子どもも友達の子どもも、全員、わが子だ。小学校の時と同じように、参観日には昼食会を開き、運動会では一緒になって応援し、学校の行事以外ではSNSのメッセージ機能を使って頻繁に連絡を取り合った。プリントをすぐになくしてしまう私に気を遣って、誰もがプリントの画像を送ってくれた。大きな行事の前には連絡が入る。「あんた、今日のこと覚えてる?」彼女たちに何度助けられたかわからない。本当の意味で、私たちはチームだった。

つきあいがそろそろ十年を超えたあたりで、ママ友というよりは同志、友達というよりは家族のような関係になった。もしかしたら、私が一方的にそう思っていただけかもしれない。でも、双子の子育てに四苦八苦していた私にとって、保育園で知り合った仲間は大切な存在だった。特に、責任感が強くスポーツ万能で明るい彼女を私は慕っていたし、頼りにしていた。一度、子育てで悩み、相談したことがある。黙ってすべてを聞いた彼女は、「大丈夫や」と言い、そしてうわっと泣きだした。私は、あっけにとられた。相談した私が泣いていないのに、相談された彼女がわんわん泣いているではないか。彼女は涙脆《もろ》い人だった。威勢はいいが、細やかな心を持った人だった。

私が彼女と最後にしっかりと会話したのは、子どもたちが中学二年生になった年の運動会だった。コロナ禍での開催で、わずかな競技しか行われなかったものの、久しぶりだから見に行こうよといつものメンバーで誘い合って、見に行った。競技そっちのけで、いつもの下らない話に花を咲かせた。

運動会が終わり、校庭から最寄り駅に向かう道すがら、彼女が「一駅だから歩いて帰ろうよ」と言った。国道沿いの道を、私と彼女、そしてもう一人の保育園仲間の三人でとぼとぼと歩いた。とにかく来年の受験や。そこまで一緒にがんばろう。受験が終わったら、こっちのもんや。今まで遊べなかった分、遊ぼうよ。老後も一緒やで！　そう言い合って、駅前で手を振って別れた。

私が彼女を最後に見かけたのは、近所のスーパーだった。午後六時過ぎ、息子たちの文房具を揃えようと二階の文具売り場に向かうエスカレーターに乗っていた私は、食品売り場で会計を済ませ、品物をエコバッグに詰めている彼女を目ざとく見つけた。「おーい!」と声をかけたが、彼女は気づかなかった。仕事帰りに急いで夕食の材料を買いに来たのだろう。今から帰って何を作るんだろうなあ。そんな気持ちで、颯爽《さっそう》と歩く彼女の後ろ姿を見送った。とにかく、料理が上手な人だった。派手なメニューではないけれど、いつも愛情たっぷりの弁当を作る人だった。一人息子を溺愛していた。誰よりも一生懸命な母だった。

彼女が突然倒れたと聞いたのは年末も押し迫った時期で、にわかに信じがたいことだった。誰よりも健康で、誰よりも自分に厳しい人だった。週末はランニングをしていた。ウォーキングは指導をする資格まで持っていた。サッカーが好きで、子どもに混じってグラウンドを走り回る人だった。あの人が倒れるわけがない。意識不明だなんて信じられない。あれだけ一生懸命に子育てをしていた人が、あれだけ愛している息子を残していくわけがない。絶対にそんなことは起きるはずがないと考えた。

家に戻ったという彼女に会いに行くと、彼女の夫が泣きながらこう言った。「おかしいでしょ。こんなところに寝てるはずがないねん。一番元気な人が、一番ここで騒いでいるはずの人が、ほんまにおかしいやろ。なあ、なんで寝てるんや」

誰よりも元気だった彼女が無言で寝ている姿は、確かに信じられない光景だった。お気に入りのランニングウェアを着せてもらい、きれいに髪を整えてもらっていた彼女は、まるで生きているようだった。今にも起き上がって「あんたら、なんで泣いてんねん。いいかげんにしいや」と笑って言いそうなほど、彼女はいつもの様子でそこに横たわっていた。私は、彼女の亡骸《なきがら》を前に泣いた。涙が止まらなかった。こんなことあってはいけない、絶対にダメだ。老後は一緒に遊ぼうって言ったやないの。あんまりやわ。酷《ひど》すぎるわ。私ら、これからどうしたらいいの。誰もが、わんわん泣いていた。

中学校の卒業式の日、いつものメンバーで席に着き、子どもたちの姿を見守った。彼女の夫は、ぴかぴかの笑顔の彼女の写真を胸に抱えて、私たちより少し前の席に座っていた。彼女が誰よりも大切にしていた息子の立派な姿を、仲間全員でしっかり見届けた。きっとあの人、今日ここに来ているよねと、みんなで言い合いながら。

心から、卒業おめでとう。私たちが見守ってきた子どもたちの未来に、多くの幸せが訪れますように。

ママ友と私

ママ友と聞くと、あまり良い印象を持たない人もいるだろう。できるならば、そのややこしい人間関係に巻き込まれることなく、平穏に子育てをしていきたいと考える人もけっこういるに違いない。

私自身もそのタイプで、子育てが始まる前から、「絶対に無理」だと思っていたし、「ママ友は一人もいらない」と公言していた。しかし、保育園に双子の息子たちを預け始めると、その考えはがらりと変わった。

子どもを保育園に連れてくるお母さんたちは、誰もが職場へと急いでいるためか、挨拶だけすると、さっさと車に戻っていく。しかし誰かが困っていると突然団結し、問題解決に全力投球。あなたが困っているのだから、私たちが手を差し伸べるのは当然のこと。それを自然にできる人ばかりに私は恵まれた。今までどれだけ助けられたかわからない。

保育園で出会ったママ友たちとの関係も十年を超えた。今年、高校受験が終わったらようやく一息つけるね、これから先はもっと頻繁にランチに行こうと誓った直後、とても信頼していたママ友の一人が急逝した。これからだったのにと、彼女の葬儀で泣いた。

のんびり一緒に年を取ろうよ。これからは自分を大切にしよう。そんなことを言い合った最後のランチが忘れられない。どれだけ必死に育てても、神様はある日突然、あっさりと命を奪っていく。その情け容赦ない現実を、乗り越えられないでいる。

子離れと嫉妬

子離れが辛いと何の気なしに打ち明けたら、「母親ってそうだよね」と言われた。母親ってそうって、一体どうなのだと不思議に思って、「そうって、どういうことよ」と聞いてみた。夫と会話していたときの話だ。

夫曰《いわ》く、母親という存在は、子ども（特に息子）の成長過程で起きる変化を何かと嫉妬しがちだというのだ。ひとつ目のキーワードは「嫉妬」である。いきなりすごいキーワードが出てきた。

子離れの複雑さ、辛さを表現するとき、いつから嫉妬という言葉が使われ出したのかは知らないが、何が悲しくて母親が息子の成長に嫉妬するというのだ。そう返すと夫は、成長に嫉妬というよりは、母親を置き去りにして新しい世界を切り拓《ひら》くことへの苛立ちなのではないかと分析した。二つ目のキーワードは「苛立ち」だ。雲行きは一気に怪しくなってくる。

そしてさらに夫曰く、母親の存在というのは息子にとって何かと重いらしい。窮屈らしい。「あなたも少し執着を捨てたら」とまで言っていた。私が息子たちに執着していると、夫は考えているようだった。三つ目のキーワードは「執着」である。「嫉妬」、「苛立ち」、そして「執着」。母親はモンスターか。それともストーカーか。それってあなたのお母様の話では？　とうっかり考えたが、それは言わないでおいた。大人だから。

私が子離れを辛いと感じる理由は、全力で育ててきた相手が立派に成長し、彼ら自身の人生を歩み出したことを確信することができたからだ。しかし喜びの裏側に、寂しさが張り付いている。彼らのこの先の輝かしい人生を、いつまでも手助けすることはできないのだなと、突然気づくのだ。

息子たちの成長は私にとって喜びでしかないが、私はどんどん年を取っていく。昔のように、彼らを完全に守ることができていた存在から、見守ることしかできない存在になっていく。ひとりの人間としても、母としても、彼らの人生から少し距離を置く必要が出てきているのだ。

私にとって子離れの辛さとは、こんな一抹《いちまつ》の寂しさなのだ。子どもの成長だけではなく、自分の人生の変遷《へんせん》に戸惑っているだけの話だ。もっと平たく言えば、ただの愚痴だ。それなのに、「嫉妬」、「苛立ち」、「執着」と分析されただけではなく、さらに存在が重いとは！

バットを振り回して大暴れしたいと思った。まだまだ表舞台から去るものか。広場で走り回って家族全員を驚愕《きょうがく》させたい。重くてすいませんでした〜！　と叫びたい。

Ⅲ

暮らしを穏やかにする

わが家の欅

わが家の決して広いとは言えない庭に、一本の欅《けやき》の木がある。双子の息子たちの一歳の誕生祝いにと、義父から贈られたものだった。植樹から今年で十六年になる。たった数年で、最初は二階のベランダにも届かない高さだった欅は、住宅地には似合わないほどの大木へと育った。枝は隣家との境である柵を越えてぐんぐん伸び、最も高い場所では屋根に届くほどになった。風が吹けば大量の葉が擦《こす》れる音がはっきりと耳に届くほど立派に生長した欅が、私を悩ませる存在になるには、そう長くはかからなかった。

植樹から五年ほど経過した頃だ。瞬く間に巨木へと生長しつつあった欅が落葉の時期を迎えると、家の周辺を覆い尽くすように大量の葉を落とすようになった。わが家は琵琶湖《びわこ》の近く、比良《ひら》山系の麓《ふもと》にあるが、この地域では秋から冬にかけて比良おろしと呼ばれる強風が吹き荒れる。この風が冬の到来を告げると言われているが、これによって飛ばされた欅の葉が、家の周辺だけに留まらず、どこまでも飛び、近所の用水路を詰まらせるようにもなった。隣家の奥さんは優しい人で、きれいに整えられた彼女の庭にたっぷり落ちる欅の葉を謝る私に、自然のことなのだから気にしないでと言ってはくれたが、彼女が毎朝、欅の葉を拾い集める姿を見る度に、申し訳ない気持ちになった。散歩途中の近所のお年寄りが足を止めて欅を見上げるたびに、いつ苦情がくるかとひやひやした。

谷口ジローのマンガ『欅の木』(内海隆一郎原作、小学館)で、やっかいな木として描かれる欅は、確かに住宅地には向かない木だ。なにせ、ぐんぐん伸びてしまう。縦にも横にも、力強くその枝を伸ばし、春が来れば小さな新芽をびっしりとつける。初夏の日差しを浴びて、その新芽は立派な葉へと一気に生長する。その見事な変化は美しいことこの上ないのだけれど、たっぷりと繁った緑の葉は、秋にはすべて落ちるのだ。持ち主にとっては悩みの種となる。

まさにわが家の欅もそうで、双子の育児に追われながら、秋になると必死に落葉を拾い集めた。用水路には大きなシャベルを持って行き、山から流れてくる冷たい水に浸《つ》かり重くなった葉を掬《すく》いだした。なぜこんなことをしなくてはいけないのかと、寒さでかじかんだ両手を擦り合わせながら悔しい思いばかりが募《つの》った。なぜこんな大木を庭に植えてしまったのだろうと後悔していた。

わが家の庭には欅だけではなく、白樺も数本植えていた。その清楚な佇《たたず》まいは欅とは違って私に安らぎをもたらす存在であり、とても気に入っていた。落葉しても庭のなかに控え目に葉を落とすだけ。夏は美しい葉をつけて楽しませてくれる存在。それなのに、気に入っていた白樺が、比良おろしの強風で次々に折れ、最終的にすべてなぎ倒されてしまったのだ。一方で、欅は倒れる気配が全くなかった。一度、あまりの強風に木全体が傾いたことがあったが、なんと翌週には元に戻っていた。欅の強さを思い知らされたような気分だった。

月日が流れるにつれ、勢いよく伸びた欅の枝は収拾がつかなくなっていった。二階の屋根を軽々と越える高さにまで生長したその姿を見る度に、不安と怒りが襲ってきた。家の基礎を持ち上げるとさえ言われる根は、実際に四方に伸び、その力強さを誇示するかのようだった。わが家の基礎を持ち上げるだけであればいいが、隣家の基礎まで持ち上げてしまったら大変だ。あまり生長しすぎないうちに伐採したほうがいいと考えるようになったのは、子どもたちが小学校に入学する頃だった。

時間に余裕のできた私は本格的に仕事をスタートさせていた。大木へと生長した欅を見るたびにため息が出たものの、二十四時間体制の育児から解放されつつあった私は、春から夏の間は欅の存在を少しだけ楽しめるようにもなっていた。伐採する必要はないかもしれない。一度、職人さんに頼んで形を整えてもらえばいいと、欅に対する不安と折り合いをつける心の余裕が出てきたのだった。

子どもたちが成長し、手がかからなくなってくると、それまで気づかなかった四季の変化に目を向けられるようになった。特に、欅の葉がたっぷりと繁り、リビングの窓のすべてを緑に染める初夏になると、その美しさに見惚れる時間が長くなっていった。南向きのわが家のリビングに涼しさをもたらす欅の存在がありがたく感じることも増えた。早朝、少し霧のかかった空に伸びるまっすぐな枝。新緑の葉の間から漏れる、きらきらと輝く陽の光。夕暮れ時、山から吹いてくる涼しい風に揺れる枝にとまって羽を休める野鳥の愛らしさ。こんなにも安らぎをもたらす木であったことに、どうして私は今まで気づくことができなかったのだろうと思いはじめた。日中のほとんどの時間をリビングで過ごす私にとって、欅の木は大きな安らぎをもたらす存在へと徐々に変わっていった。

植樹から十五年を迎えた昨年、あまりにも生長した欅は二階の屋根を完全に越えた。夫と話し合い、自分たちでできるうちにある程度剪定《せんてい》をすることを決め、時期を見て、多くの枝を大胆に落とした。隣家の奥さんは、かなり大胆にやったわねと笑っていた。落とした大量の枝は切り揃え、友人宅の暖炉で薪として使ってもらった。美しい枝で、とてもよく燃えたという。これで大丈夫だと安心した。でも、悲しかった。欅に申し訳ないと思ったのだ。

『欅の木』に登場する夫妻も、老後を静かに過ごしたいと購入した中古住宅の庭に、一本だけ残された欅の大木に悩まされることになる。人間が住むよりずっと前からそこに立っていたにもかかわらず、落葉が多いと伐採されそうになる欅という存在は、あまりにも無自覚に環境を破壊する人間社会に対する戒めにも感じられる。もの言わず佇む一本の木にも、流れてきた年月が確かにある。人間の都合で簡単に切り倒されそうになる、大きくも儚《はかな》い存在の欅の木。その欅が紆余曲折を経て夫婦によって受け継がれていく様を描くことで、この作品は、人間が自然に対して抱く愛着の存在をも示している。

住宅地に植えられ、立派に生長したからと剪定されたわが家の欅を見るたびに、いまだに心が痛む。二度と枝を伸ばさないのではないか、初夏から秋までわが家のリビングの窓を緑一色に染めてくれた、あの美しい葉を見ることは、二度と叶わないのではないかと後悔ばかりだった。夕方になると仮眠を取るために集まっていた野鳥は寝床を失ったかもしれないと落胆もした。

しかし、私のそんな心配は杞憂に終わった。欅はその幹から次々と枝を伸ばし、夏には再び多くの葉をつけた。長い枝をほとんど落としたこともあり、リビングを緑に染めるにはまだ時間がかかるだろう。しかし、大切な欅をしっかり管理するという新たな仕事を見つけた私には、これから先、形を整えられつつ伸びていくだろう欅の木と、その美しい緑の葉に覆われたリビングの窓を見るという楽しみができた。

『欅の木』を読み、一時は厄介な存在だと思っていた庭の大木に、よりいっそうの愛着がわいた。子どもたちの成長とともに育ってくれた欅。大嫌いだったのに、大好きになった欅。木には魂が宿ると言われるが、確かにわが家の欅には心があるように思う。

人とともに生きるということ

琵琶湖のほとりに立つ、そう広くもない家に、夫、私よりもずいぶん背が高くなってしまった双子の息子たち（十四歳）、そして大型犬（黒いラブラドール・レトリバー、四十五キロ超）とともに暮らしている。犬以外は各自が独立した部屋を持つ。犬は毎晩、好きな部屋を選んで、遊牧民のように移動しながら寝るという気ままなスタイルが心地よいようだ。

私は十五年ほど前から、自宅で翻訳業を営んでいる。仕事場はリビングルームの片隅にある。コロナ禍以降テレワークが一般的となり、家族のいる空間での仕事が予想以上にストレスだと知った人も多いだろう。私の場合も、家族が行き来する場所での作業に困難を抱えた時期があった。今となっては、真横でゾンビ映画を観られようとも、集中して仕事をこなすことができるまで鍛え上げられた。

なぜ、人が集まるリビングをわざわざ選んで仕事場を設けたかというと、そこがわが家の中心だったからだ。キッチンに面しており、バス、トイレ、洗濯機のあるサニタリー・ルームにも近い。家族全員が、職場、学校へと出かけたあとの静かなリビングで、仕事をしつつ、様々な家事を自分のペースでこなすことができると考えたのだ。

しかし、もちろんそれは理想的な一日の話で、ほとんど毎日、子どもたちが帰って来る時間ギリギリに仕事を中断し、急いで夕食やおやつの仕込みをはじめることになる。リビングは、朝、家族が出て行ったままの、雑然とした状態であることが多い。時計を気にしながら焦ってばかりの日々だ。時々、自分がいるのは宇宙船のコックピットなのではと思うこともある。家のなかのありとあらゆる場所を管理し、宇宙船全体を安全に動かすために息もつけない操縦士だ。

各自が部屋を持ってはいるものの、結局家族が集まるのはリビングルームである。そこで繰り広げられる何の変哲もない日常のなかで、私は家族に対して、伝えなければならないことを、少しずつ伝えながら暮らしている。息子たちには、基本的な暮らしについて、うるさいなあという顔をされながらも教える日々だ。あっという間に山積みになる汚れた皿を前に、ため息をつきながらも、根気よく息子たちに皿洗いを教えている。汚れた服は、洗濯機で洗って干さないと、自動的にはきれいにならないのだと言い聞かせている。食事は誰かが調理しなければ、魔法のようにお皿に盛りつけられ、出てくることはないのだと伝えている。

夫とは、年老いた両親の様子について話す時間が増えた。これから先の彼らの人生を、ひいては自分たちのこれからの生活を、一緒に考えたりもする。

私はさみしがり屋なので、常に誰かがいてくれる場所が好きだし、常に安心していられる場所が好きだ。私以外が全員男性（と、オス一匹）というわが家で、肩身の狭いこともあるけれど、私は常にリビングの仕事場にいることで、狭いわが家の操縦士として、暮らしていくことが性に合っているのだと思う。

ハリーくんとの冬

私とハリーが住んでいる琵琶湖の北部地域は、積雪量も多く、冬がとても長い。京都で桜が咲いていても、わが家の近所の桜並木は灰色のどんよりとした空の下で、寒そうに枝を伸ばしているだけという場合が多い。毎年、四月の下旬までストーブの燃料は欠かせないし、街が春を迎え、パステルカラーで溢れても、この田舎では朝晩の冷え込みが強く、冬用のコートをしまうことさえできない。

冬が長いと面倒なことが多いけれど（雪かきはとてもつらいし、車に積もった雪を払うのはいつも私）、家の中で過ごす時間を充実させることができれば、楽しい季節だとも言える。なにせ大手を振って、朝から晩まで何もせず部屋で過ごしたっていいのだ。だって外は雪だもの。パジャマの上にカーデガンを羽織り、ふわふわのスリッパを履いてマグカップ片手に映画を観て何が悪いというのか。特に去年から今年にかけてはコロナ禍という事情もあって、家に籠もることに対して罪悪感を抱く必要さえない。

最近ではさすがに籠もることにも飽きてきたが、寒い時期には暖かい部屋でゴロゴロしているのが健康にはいいような気もしてきた。なんでもかんでも、自分にいいように考えてもいいじゃないか。そもそもいい加減な性格だし、今は生きてるだけで合格だ。

そんな私の相棒ハリーはご存じの通り、凍《い》て付く湖でも平気で泳ぐような犬だが、実は暖かい場所も大好きだ。今年は長い冬を予想して新しいストーブを購入したが、到着した巨大ストーブを見たハリーは、興味津々で尻尾を振っていた。天板が熱を持たないタイプの業務用ストーブで、ハリーにとっても子どもたちにとっても安全設計だ。ハリーや息子たちが激突しようとも、壊れる心配がない。大変パワーのあるストーブのため、子ども部屋のある一階全体を一台でカバーできる。ハリーが普段寝ている二階の部屋には、天板が熱くなる（つまり料理ができるタイプで朝からおでんを煮込むのに最適な）、長年愛用の石油ストーブを設置した。ハリーはこの石油ストーブも大好きで、寒い日はそこから離れようとしない。もしかしたらおでんを狙っているのかもしれない。

お気に入りのストーブの前で寝転んでは、手足を伸ばしたり、あくびをしたり、ゆらゆらと揺れる炎を見つめたり、おもちゃを破壊したりして過ごしているハリーは、なんだかとても幸せそうだ。朝からストーブの前に陣取り、昼になると庭で三分ほど遊び、そして再びストーブの前に戻る。しっかり温められたハリーの体からは、えもいわれぬにおいが漂いはじめる。正直、犬が苦手な人からしたら、つらいにおいだと思うのだが、ハリーを溺愛してしまっている私は、ハリーをストーブから引き離すことが残酷なように思え、好きなようにさせている。

二時間に一回は部屋の空気を入れ換え、自分の服もなんとなくにおいを嗅いで確かめ、「ま、いっか」などと言って、ハリーの頭を撫でている。いろいろとエスカレートしてきている自分に気づいているが、気づかないふりをしている。愛犬家とはこういう生きものなのかもしれない。

ハリーがあまりにも欲望のままに過ごしているため、自分も仕事をするのが馬鹿らしくなってくるときもある。朝から晩まで、うとうと、あるいはガサゴソ、やりたい放題だ。去年購入したばかりの私の毛布は、もうすでにビリビリに破られている。破られただけならまだしも、丁寧に、長時間かけてしっかりと奥歯で噛まれ、もうなんだかわからない布の塊になっている。それでも私はハリーを叱ることができなくて、結局一冬、その汚いボールみたいな塊になった毛布を使って過ごした。

最近は午後になると暖かく、私がベッドの横の窓を開けて、春の風を部屋に入れてくつろいでいると、ハリーは待ってましたとばかりにお気に入りの「ピチピチまぐろ」という動くおもちゃを持ってやってくる。ベッドに飛び乗り、私の足の上にどかっと座って、上機嫌で、ピチピチまぐろを振り回す。私が見ていないと腹が立つようで、鉄球のように黒くて重い前脚でドガッと私を押してくる。仕方ないなあと見てやると、満足そうに表情を和らげ、そしてやがてガーガーと昼寝をしてしまう。すごく重い。

冬でも春でも、どんな季節でもハリーはマイペースで生きている。かわいい存在として元気で暮らすことが彼の仕事だ。うらやましいことこのうえないけれど、ハリーが話すことができたらきっと「あんたのお世話も大変だよ」と言うのではないだろうか。そんな顔をしているときがある。

ハリーという犬

ハリーがわが家にやってきたのは、二〇一七年二月のことで、その時、彼は三ヶ月の子犬だった。空港で対面した彼は、子犬と呼ぶには少し大きいような気がしたし、子犬らしい愛らしさというものがあまりなかった。真っ黒い目でじろりとこちらを見て、動かなかった。初めて会う私たちに緊張しているのだろうと思った。成犬だと三十キロぐらいになるそうだよと、家族と小声でこそこそと話をし、彼を驚かせないように気を遣った。

ハリーは毛布がかけられたキャリーケースの中に入っていた。扉を開けて中を見ると、こちらをじろりと睨《にら》んでいる両目以外は、真っ黒で何も見えなかった。なんとなくフワフワしているのはわかった。その真っ黒でフワフワのぬいぐるみのようなものに手を伸ばし、体を触って、出ておいでと言ったものの、その真っ黒なフワフワは頑として動こうとしなかった。前脚を触った私は気づいた。想像以上に脚がしっかりとしているし、とても太いような気がする。まだ三ヶ月のはずなのに、中型犬ぐらいのボリュームがあるぞ……。

夫に抱き上げられたハリーは、憮然《ぶぜん》とした表情をしていた。ラブラドール・レトリバーといえば、大変人懐っこく、天真爛漫な性格だと思い込んでいたが、夫の腕の中のぬいぐるみはあくまで無表情だった。夫が苦労してキャリーから出して、抱きかかえて車に戻ったが、この間、キャンともいわなかった。夫はなぜか自分だけハリーを抱きかかえて、子どもにさえ触らせなかった。あまりにもハリーが可愛らしい姿をしていたので独占したかったそうだ。

夫の気持ちが理解できるほど、憮然とした表情であるにもかかわらず、真っ黒な子犬のハリーは愛らしく見えた。まるでぬいぐるみというか、完全にぬいぐるみだった。ベルベットのような被毛は黒く輝いており、頭が大きく、垂れ下がった耳も大きかった。両目は輝いていた。両脚は子犬にしては驚くほど太くて、がっしりとしていた。抱きかかえてみると、丸いお腹がぱんぱんに膨らんでいて、胴も太かった。なんだこれは。かなりしっかりとした体だぞ。もしかしたらこの子、かなり大きくなるんじゃないかと思った。

夫が運転し、助手席で私がハリーを膝に乗せ、自宅まで戻った。膝の上のハリーはこれまたずっしり重かった。八キロぐらいはあると聞いていたが、まるで鏡餅だった。そして、借りてきた猫のように大人しかったのは最初の三分だけだった。ハリーは突然もぞもぞと動き始めると、私の膝の上から後部座席の息子たちの方に素早く移動した。喜んだ子どもたちの歓声に余計興奮したのか、子どもの服を嚙んで引っ張ったり、抱っこされている腕から体をよじって逃げ、転がるようにして私のところまで戻ったり、とにかく車内を飽きずに動きまわった。両目はキラキラと輝いていたし、生えたばかりの小さな歯で至るところを嚙んでいた。よく聞くと、喉の奥から小さなガルルという声が聞こえてくる。この犬は大きくなりそうだし、もしかしたらやんちゃかもしれないと思ったのはその時だ。それでも、あまりに愛らしい彼の姿に心を奪われ、私たちの誰もが、この日から一年以上続く大変な日々を想像することができていなかった。

最初の事件はわが家にやってきたその日の夜だった。ハリーを室内用ケージに入れて、さて寝ようかと電気を消した瞬間だった。ギャフン！　ギャン！　と大声でハリーが吠え始めた。けたたましい鳴き声だった。ハリーは六歳になった今でもそうだが、吠え声がかなり大きい。地鳴りのようなのだ。その地鳴りの子犬バージョンが突然始まり、一時間経過しても止まることはなかった。根負けした私たちはハリーをケージから出した。子犬の時からケージに慣れさせておかないと、留守番をさせる時や災害時に困ったことになるから、「絶対にケージに慣れさせなければならない。それも初日から」との我々の決意は、見事に、あっという間に粉砕された。それほどハリーの鳴き声は大きかった。ケージから出されたハリーは、当然のように私のベッドに入ってくると、ぐっすりと寝たのである。もちろん、明け方までに何度もトイレを失敗した。

この日を境に、ハリーは決してケージやクレートに入らない犬になった。ドッグスクールに通い、クレートで過ごす訓練を重ねたものの、怪我をしてまでケージを破壊してしまう。わが家で用意した大きなクレートも壊したし、ドッグスクールでお借りしたものも壊したし、なんならドッグスクールのキッチンも破壊してしまった（その日はクレートの訓練だった。そして逃走してキッチンに突入した）。

　ラブラドール・レトリバーを飼育した経験のある人は、ラブとのこんな逸話をたくさん持っている。私は右腕を骨折した、私は左肩を脱臼した、私は転んで顔がずる剝《む》けになった……恐ろしい話はいくらでもある。うちの夫はスケボーに乗ってハリーに引っ張ってもらおうとして、高速で吹っ飛ばされ、左手を骨折した。私は幸いにも大けがはないが、琵琶湖の浜辺で引きずり倒され水浸しなんて経験は数回ある。大切な皿やコップも割られたし、バッグや衣類もビリビリにされた。ベランダが破壊され、椅子も四脚ダメになった。ソファも買い換えた。とにかく大変ないたずら好きで、やんちゃな子犬だったハリーに振り回された期間は、トータルで二年ぐらいだったように思う。しかしふと気づいたら、ハリーは立派な成犬となり、冷静で、愛情深く、大人しい犬になっていた。

　ラブラドール・レトリバーを飼育した先輩たちが、「二年の辛抱だからがんばって」と何度も私に言ってくれたが、その言葉は本当だった。二歳になったあたりを境に、ハリーは靴を噛んで壊すのをやめ、椅子を噛むのをやめた。飼い主を引きずり回すのもやめた。いつの間にか、散歩は人間に歩調を合わせるようになり、室内では必ず誰かに寄り添い、横で静かに座っているようになった。客人はもてなし、子どもには優しく、しかし自宅周辺の警備は怠らないという理想的な犬になってくれた。ビロードのような被毛と筋肉質の体軀《たいく》は六歳になった今も健在だ。

結局、ハリーはかなり大型のラブラドール・レトリバーだった。三十キロぐらいになるんだよと話していたが、今現在、体重は四十五キロから五十キロのあたりを推移している。あまりの食欲でわが家の家計は逼迫《ひっぱく》し続けている。琵琶湖で何時間でも泳ぎ、長い枝や竹を見つけては集めるのが趣味らしいが、何が目的かはわからない。それでも、彼にとって楽しい作業のようだから、夏であろうと、冬であろうと、飼い主は体力の限界に挑戦しながら彼に付き合っている。

私にとってハリーは、いつ何時でも側にいてくれる頼もしい存在だ。超大型犬の飼育がここまで大変だとは夢にも思っていなかったし、人にお勧めはできないが、ハリーという存在と巡り会えたことは、私の人生にとって宝物のような経験だ。医療費と食費だけで目玉が飛び出そうになるが、それが大型犬飼育の醍醐味だと思えばいい。彼は子どものような存在でもなければ、友達でもない。私にとって、ハリーはハリーだ。大きくて、威厳があって、優しいラブラドール・レトリバーだ。ハリーを連れて歩くとき、私と一緒にハリーがいてくれて、本当に良かったと心から思う。黒っぽいジャージを着た私が真っ黒で巨大な犬を連れているので、近所の子どもたちは私を悪魔と呼んでいるらしいが、私が連れているのは、悪魔の使いに見えて、実は天使のハリーなのだよと教えてあげたい。

仕事場を作る

私には夢がある。庭に仕事場を建てることだ。原稿に行き詰まると、「今の作業場が悪いのかもしれない」と考え、一人になれる静かな環境が必要に違いないと思いはじめる。今の仕事場はリビングの片隅にあり、そこは家族全員が集まる家の中心でもある。家事もしやすいし、わが家では最も快適で過ごしやすい環境でもあるのだが、なにせ、全員が集まるから騒がしい。当然、ペットの大型犬（ラブラドール・レトリバーのハリー、五十キロ）もいて、猫が家の前を歩いただけで吠えまくる。

少しぐらい騒がしくても仕事はできる。双子を子育てしながら仕事をしてきたのだから、騒音には慣れたし、そんな環境でも作業はできる。ただし、作業を中断したあとに、元の集中力を取り戻すまでには時間がかかるようになってきた（たぶん加齢が原因）。翻訳作業が波に乗ってくる夕方を過ぎた頃、下校してきた息子たちがリビングにひっきりなしに現れては、冷蔵庫を開けたり、戸棚を開けて食べ物を探したりする。中途半端に探して（そもそも、ちゃんと探す気持ちがない）、「なんか食べ物ない？」なんて聞いてきたりする。ああ、集中できない。どうしても手を止めたくないときもあるのだが、それでも息子たちがお腹を空かせているとなると、放置することはできないのだ。作業を中断したくないなあと思いつつも手を止めて、食べ物を冷蔵庫から出したり、簡単に料理をしたりする。すごい勢いで食べた息子たちが、ごちそうさま！と言いつつキッチンに運んだ皿を洗って、しばらく片づけなどをし、再び机に戻るのだが……。家事モードから再び翻訳モードに頭を切り替えるのには、なかなか時間がかかる。

やはり、庭に小屋を建てるのがいいのではないだろうか。私だってそれぐらいの贅沢をしてもいいだろう。一生に一度、庭に小屋を建てるぐらいできる女になりたい。仕事はいつまで続けられるかわからないが、そんなことを心配していては何もできない。それに、スペースはあるのだ。物置を一回り大きくしたぐらいの、机とソファとテーブルを置くだけのシンプルな仕事部屋を作るのはどうだろう。シンプルだけれど、過ごしやすい空間がいい。窓は大きめにして、庭木がよく見えるようにしたい。真夏でも快適に過ごすことができるように、パワフルなエアコンを設置するつもりだ。そして冬はとても寒い地域なので、薪ストーブが欲しい。薪ストーブは、高知県土佐清水市にある小磯鉄工が製作している「ロボット型薪ストーブ」と決めている。なんとオーブン機能がついていて、ピザ用トレイも付属している。そのうえ、ロボット型だ。信じられない。そんなに素晴らしい薪ストーブを買わない理由などないのだ。ピザ用トレイがあるんだったら、絶対にピザを焼きたい。生地から手作りに決まっている。だから、小さなキッチンが必要だろう。材料を保存するために冷蔵庫も必要だろう。ピザを焼いたら、一人で食べるのもなんなので、やはりテーブルとイスを四脚ほど用意して、友人を呼びたい。ということは、ピザを食べながら映画など観ることになるかもしれないので、壁にはモニタを設置したい。もちろん、高速インターネット回線も準備しなくてはならない。本棚も必要だろう。仮眠できるように、ソファは大きめがいい。……ワインセラーは必要だろうか？　たぶん必要になってくるだろう。なぜかというと、友人知人はみな、ワインが好きだからな……。

いろいろ考えているのだが、結局のところ、人が集まってしまうし、小屋というよりも離れぐらいの規模になる。理想通りの空間を作ったら、ピザ屋になってしまう。たぶん、息子たちが連日入り浸って、何枚もピザを焼かされることになる。集中して仕事ができる環境というよりは、庭にレストランができるだけだった。そこまで理解したが、それでもやっぱり建ててみたいという夢が捨てきれず、騒がしいリビングで今日も必死に書いている。

古い家を買いたい

近所のママ友が古い家を買ったと小耳に挟んだのは、私が庭に作業場を建てたいと考えはじめたころだった。死ぬほどうらやましいと思った。彼女もうきうきで、これから内装やるんだ〜と言っていた。いいなあ、うらやましいなあと思わず素直な気持ちを言った。かなりうらやましい。いまから、古い家の内装を自分で考えて住まいにしていくなんて、楽しくてたまらないじゃないか。こそっと見に行ったらかなり素敵な家で、見れば見るほどうらやましい。出来上がったら遊びに来てねと言ってくれたので、是が非でも行こうと考えた。

そんなことがあったからか、私もなんとなく中古住宅を探すようになってしまった。わが家も手狭になってきたので、自宅から数分の距離に安い物件でもないかなと、資金もないのに探しはじめた。最初は庭に作業場をなどと殊勝なことを考えていたというのに、友達が買ったとなったら中古住宅を探し始めるところが、私が貯金できない理由なのだと思うのだが、そんなことはどうでもいい。人は夢を抱いてナンボなんやと考えた。すると、なんと自宅から一分もかからない場所の家が売りに出された。

百坪ぐらいある敷地にこぢんまりとした二階建ての住宅が建っている。庭が広い。少し変わったデザインで、二階は三方向が大きな窓になっている。一階にも同じように大きな窓が三枚あって、一階の窓にはすべてシャッターが設置されている。少し不思議なデザインなのだが、二階の格子窓は洒落ていて、少し高台から中を覗いてみると（探偵か）、シンプルな部屋がひとつあるだけのように見える。たぶん、水場はすべて一階で、リビングのような部屋が一部屋ある程度だろうなと思った。

最近私が住んでいる地域はリゾートとして人気が上がっているそうで、近所に不動産屋も増えた。そんな不動産屋の駐車場に停められている車のナンバーは京都や大阪が多い。負けていられない。コロナ禍以降、リモート勤務が増え、この琵琶湖沿いのマンションがよく売れているとの噂を聞いたこともある。以前はバブルの残骸などと言われていた企業の保養施設が、次々と売れているそうなのだ。

都会に住んでいる方には想像がつかないと思うのだけれど、このあたりの不動産は都会のものに比べてびっくりするほど安い。なにせ、スーパーはないし、雪は降るし、年の半分ぐらい寒いし、風は強いし、野生動物はいるし、とにかく便利ではない地域だから理由はわかる。その代わりといってはなんだけど、自然が豊かで広々とした環境が売りである。車があれば暮らしていける。京都にも近い。琵琶湖も美しい。というわけで、最近、人口が増えているということなのだ。

ここのところずっと、売りに出された中古の一軒家をちらちら見に行っているのだが、見れば見るほど私にぴったりのような気がしてきた。こぢんまりとしてて、不思議なデザインで楽しそうだ。内装は工務店に頼んで一気にやってもらったらいいのではないだろうか。近所に素敵な工務店はたくさんある。家具は必要最低限のものを作り付けてもらうのがいいと思う。愛犬のハリーが年を取ったときのことを考えて、生活の多くを一階でできるようにしたい。床はフローリングがいいけど、ハリーが滑らないように絨毯を敷くのを忘れずに。ソファもいる。キッチンは小さくていいけれど、冷蔵庫と冷凍庫は設置しよう。テレビはいらない。超高速インターネット回線は絶対に必要。自宅からかなり近いので、行き来も楽だろう。お客さんが来たら泊まってもらうことも可。内装をすべて自分の好きにできるなんて夢のような話だ。さぞ、仕事も捗《はかど》るだろう。あとは値段を調べるだけなのだ……。

売りに出されている中古住宅の門に「売り家　お気軽にお問い合わせください」という看板があり、電話番号もある。それを眺め続けて早一ヶ月、私は勇気を出せないでいる。夫に言うと、「聞いてみればいいじゃん。まずはこの家のローンを返すのが先だと思うけど」と言っていた。確かにその通りだ。でもやはり、夢を見ることは必要だと思う。なにせ、人生は一度きりなんで。

私の住処

滋賀県の何が素晴らしいかというと、多くの人は琵琶湖と言うだろうけれど、滋賀県民の私から言わせていただければ、琵琶湖が素晴らしいのは当然で、しかしそれよりも素晴らしいのは、滋賀県の「控えめな美しさ」だと思っている。

滋賀県の目立たなさときたら、本当にすごい。地図で見ても、京都、大阪、奈良、三重など、観光資源に恵まれた、きらびやかで派手な県に囲まれ、ひっそりと琵琶湖を抱くようにして存在している。真ん中に琵琶湖があるからかろうじて滋賀とわかるけれど、琵琶湖がなければたぶんわからない（誤解でしょうか）。住人としては、近畿二府五県に入っていると知って、なんとなくほっとするほど、自分たちの住んでいる場所が静かで、控え目で、目立たないことはわかっている。でも、滋賀県民はそんなことは一切気にしない。だって、琵琶湖は私たちのものだから。

滋賀県には至る所に隠れた美しさが存在するが、同時に、滋賀県には誰も知らない「日本一」がたくさんあるのをご存じだろうか。

ボランティア活動の年間行動者率は三三・九％で全国一位
県内総生産に占める第二次産業の割合は四八・九％で全国一位
男性の平均寿命が八一・七八歳で全国一位
自然公園面積割合は三七・三％で全国一位
光回線の世帯普及率は七一・四％で全国一位
一世帯当たりの年間消費支出金額において牛肉三万八七四二円で全国一位
ミネラルウォーターの年間消費支出額が少ない順で全国一位
比叡山坂本ケーブルは日本最長のケーブルカー
滋賀県最高峰の伊吹山は最深積雪の日本記録を保持

どうです。すごいでしょう。

そして私が最も推《お》したい滋賀の素晴らしさは、琵琶湖を囲むようにして広がる土地の、それぞれがまったく違う雰囲気を醸《かも》し出しているところだ。湖北には雄大な自然が広がり、湖東には歴史的建物が多く存在する。湖南には大津市や守山市といった商業地域が存在して、観光資源にも恵まれている。一つの県に、まったく雰囲気（気候・風土）の異なる地域が多数存在しているのだ。湖南地方の人間からすれば湖北は別世界であり、湖北の人間からすれば湖南は大都会だ。そしてそれぞれの地域が琵琶湖を抱いているのである。

私が住む大津市の外れ、湖北地域は、冬がとても寒く、そのうえ長い。一年のうち、ほとんどが冬かと思えるほど寒い期間が続く上に（五月初旬まで寒い）、天候は荒れっぱなしだ。とにかく山から強風が吹きまくり、なんでもかんでも飛んでいくし、電車が止まることもある。特に、私が住むエリアは比良山系と琵琶湖にちょうど挟まれた場所で、自然の厳しさを全身で受け止めなければ生きていけない。

しかし、自然の厳しさの中に、ほかの地では決して見ることのできない景色が存在していることも忘れてはならない。四季折々に色を変える自然が目の前でダイナミックに展開される生活は、一度経験するとそれなしではいられなくなる。都会の便利さに、ビル群の美しさに心を奪われてもなお、この厳しい自然の残る地域に戻りたいと思ってしまう。私にはインターネットさえあればいい。なにせ、滋賀県の光回線の世帯普及率は七一・四％で全国一位だ。わが家の回線も大変速い。それで満足だ。山の中だけど。

湖北の水はどこまでも透明だ。群れながら泳ぐ小鮎《こあゆ》が見えるほどだ。真冬になるとねずみ色の分厚い雲が琵琶湖を覆うようにして広がり、その下の湖面には白い波が立つようになる。湖水は触れれば手が痺《しび》れるほど冷たいが、同時に氷のように透き通って美しい。野鳥が羽を膨らませて浮かんでいる姿も愛らしい。空と水と風と島々と、ただそれだけの風景なのに、圧倒されるほど美しいのだ。一枚の絵画を見ているような気持ちになる。寒いけどね。

春は湖畔に桜が咲き乱れる。わが家の近くにも、あまり有名ではない桜の名所があって、誰かがテーブルとイスを置いてくれていて、満開の桜の木の下でお弁当を食べることができるようになっている。桜の巨木がドーンと湖の前に立っているだけだが、それがなんともいい雰囲気だ。以前は近所にパン屋さんがあって、そこでパンを買って、急降下してくるトンビ（猛禽類《もうきんるい》）に狙われつつ食べるのが楽しかった。

あまり知られていないけれど、琵琶湖周辺には桜の名所も多く存在している。少し暖かくなると冬の間はお休みしていたマリンスポーツ関連施設が開き、街が長い冬眠から目覚める。その雰囲気を察知して、ようやく冬が終わったことを知るというわけだ。

夏はトップシーズンだ。私が住む湖北には自然がたくさん残っていることもあって、スポーツ好きの人には人気のスポットだ。山と湖と広い空のコントラストはとにかくダイナミック。心を奪われずにはいられない。オフシーズンのスキー場のアトラクションも大人気だし、ジェットスキーやカヌー、ボートといったアウトドアスポーツも盛んだ。街に突然人がどっと増えるのがこの時季で、普段は軽トラしか走っていないような農道に大きな車がびゅんびゅん走り出す。おっとりした人が多い滋賀県だから、夏になると「大変だわ〜早く冬になって〜」という声がそこらじゅうから聞こえてくるようになる。

秋は収穫の時で、棚田が多いこの地域でも農家の人々が一斉に稲刈りをしはじめる。農業公園では果物狩りが人気だし、美しいメタセコイア並木もある。当然、新米は美味しい。果物も美味しい。寒いから日本酒も美味しい。ちなみに有名なワイナリーもある。美味しいパンを売る店も多い。湖畔にはカフェやレストランも多く存在している。近江牛も美味しい。

おすすめしたい場所は数限りなくあるけれど、それでもやはり、私が大好きなのは、琵琶湖だ。

なんだ、やっぱり琵琶湖かよと思われるかもしれない。ああそうですよ。だって琵琶湖はどんな観光地より、どんなグランピング施設より、どんなアトラクションより、どんな高級ホテルより刺激的で美しいのだから。どこまでも広がる湖面、対岸に見えるビル群のイルミネーション、ぽつんと浮かぶ島々。そびえ立つ伊吹山。これだけ様々な顔を見せる湖もあまりない。

湖北の湖はとても厳しく、事故も多いため、気軽に泳いだりできる場所ではないが、その美しさは格別だ。私は愛犬ハリー号を連れて琵琶湖に散歩に行き、誰もいない湖畔で灰色の冬の湖を見るのが好きだ。風と波と、犬が泳ぐ水音しか聞こえない。自然の美しさを独り占めできる。なんという贅沢だろう。

いろいろな場所に住んだけれど、滋賀県ほど穏やかな地域はそうそうない。不便なように思われるかもしれないけれど、至る所にスーパーやコンビニがあり、特に困ることもない。駅を降りれば必ずそこには地元ではおなじみのスーパーがある。滋賀県民にとって、何か必要になれば行く場所が、その地元民に愛されているスーパーなのだ。車がないと生活は不便だが、そんな地域だけに宅配サービスが充実しているのがうれしいところ。スーパーは食材の配達を気軽にしてくれるし、多くの食品宅配サービスが参入しており、なんでもかんでも注文すればあっという間に手に入る。

中学生の息子たちは、都会に出てビルを見るだけで感動するような田舎キッズに育ってしまったが、自然にはとても強くなった。自転車で琵琶湖を一周する「ビワイチ」も、比良山系の山登りも、平気でこなす逞《たくま》しい子たちに育ったのは、やはりこの地の大自然のおかげだと思う。

のどかな春も、ギラギラした夏も、収穫に明け暮れる秋も、厳しい冬も、なにもかも強烈なのに、穏やかな人の多く住む場所。そんなところが私の住処。

はやく一人になりたい！

翻訳作業をしているとき、特に、事件もののノンフィクションを訳しているときの私は、家族全員が学校や職場に出て行く時間が待ち遠しくてたまらない。全員が家を出払うと、はやる気持ちを抑えるようにして、まずは家中を猛スピードで掃除し、朝の洗濯を済ませ（息子たちが帰宅後、二度目の洗濯がある）、夕食の下ごしらえまでしてしまう。夕食の下ごしらえが終わったら、犬を外に出して、十五分ぐらい遊んでやる。犬が満足するまで遊んだら家のなかに戻り、フードを与えると、今度は自分のためにゆっくりとコーヒーを淹《い》れる。淹れたばかりの熱いコーヒーを作業机の上に置いたあたりで、すでに犬は作業机横のソファで眠っている。ようやくこの時がやってきた！　とうきうきした気持ちでコーヒーを飲みながら、私は作業にとりかかる。私が机に向かうとき、愛犬のハリーは必ず私の横にいる。もしかしたら、キーボードを叩く音が好きなのかもしれない。

作業机の上に置いた二台の大きなモニタの一台に、Kindleの画面（翻訳は電子書籍やPDFを使って訳す場合が多い。PDFの場合はKindleに読み込んで表示させる）とワードの画面を開き、もう一台のモニタにインターネットブラウザと電子辞書のブラウザを開き、そしておもむろに訳しはじめる。

Kindleとワードの画面は隣り合わせに表示することもあれば、横長に表示させて、上をKindle、下をワードという配置にすることもある。その時の気分次第だが、とにかく、英語と日本語が近い場所で表示されていてほしい。近い場所にあれば、一つの単語をぴったりと合わせ、行を見落としたりしないような気がするからだ（そんな気がするだけで、確実に見落としは発生する）。作業机の後ろにあるダイニングテーブルにはノートパソコンとiPadを置いている。息抜きと調べ物はそちらでやることにしている。コーヒーやお茶やメモ帳やペンなども、ダイニングテーブルに置いている。作業机は狭いので、あまり物を置かないようにしている。

私にとって翻訳作業はほとんどパズルゲームのようなものだ。英語を読みながら日本語を書くと、頭のなかで、カシャッ、カシャッ、と音が鳴るような感覚がある。英語と日本語がぴったりと合い、文字ブロックが完璧にできあがったとき、効果音とともに、パーンとクラッカーが破裂してカラフルな紙吹雪が舞うような気がする。クリア！　という声が聞こえるような気がする。次々とブロックは消えていき、ゲームは続いていく。この作業が楽しくてたまらない。

途中、調べることが出てくると、ダイニングテーブルに置いたノートパソコンで調べはじめる。なかなか情報に辿りつかない時は、ありとあらゆる手段を使う。YouTube内を単語検索したり（そのような機能やサイトがあるのだ）、インターネット上にあるデータベースにアクセスすることもある。辞書・事典サイトも多く使う。Reddit（アメリカの掲示板型ソーシャルニュースサイト）に数時間入り浸ることもある。そうやって苦労して、ようやく答えが見つかると、天にも昇る心地だ。これだから翻訳はやめられないと思う。

再びパソコンに向き直り、英語を読みながら日本語を打ち込んでいく作業は続く。編み物の快感によく似ている。整った編み目が並ぶときの快感だ。少しずつ出来上がっていくときの喜びも同じだ。翻訳と編み物は本当によく似ている。

作業がどんどん面白くなって、このまま夜中まで続けてしまいたいと思う頃、息子たちが帰宅してくる。ここから先はあまり集中できないので、気になったことを調べたり、訳文の推敲をしながら夕食の支度をする。息子たちが持ち帰る体操着や部活のユニフォームなどを洗い(二度目の洗濯だ)、干し、風呂を洗ったりもする。つまり、家事に明け暮れることになる。

私が翻訳に没頭するのは、子どもたちや夫が家を出た後の数時間、そして子どもたちや夫が寝静まったあとの一、二時間程度となる。あまりにも面白い本だと、気ばかり急《せ》いて、早く明日にならないかなと思いつつ、iPadで資料となるドキュメンタリーや動画を鑑賞しつつ眠りにつくことになる。はやく一人になりたいと考えて、前の晩から翌日の家事の段取りを考えておくのもすべて、翻訳を進めたいからなのだ。翻訳に明け暮れているときの私は、何がなんでも一人で翻訳という最高のゲームを楽しみたい。一緒にいて許されるのは、犬だけなのだ。

基本は翻訳

半年以上かけて作業を続けていた翻訳本と、書き下ろしのエッセイがようやく出版された。高校受験を控えた双子の息子たちと、介護が必要となった夫の両親の生活を支えつつの作業は、正直なところハードだった。それでも、無事に作業を終えてほっとしていた……のだが、今年に入って、私のやる気は行方不明のままだった。

一ヶ月以上、パソコンの前に座り、モニタと向き合いながら何も生み出さない日々が続いた。気がつくとインターネットショッピングだけが捗《はかど》っている。全国各地から取り寄せた美味しいお菓子がキッチンに大集結だ。連載原稿はなんとか書いたものの、それ以外の仕事はすべて放置されたまま。

そんな自堕落な生活を送っていたある日、万が一やる気が出てきたらすぐに作業ができるようにモニタの前に座っていたら、「もういい加減あきらめたら？　往生際が悪いで」と次男に言われてしまった。少し傷ついた。往生際ってなにさ。

その次男の強烈なひと言で、のんきな私もさすがにまずいのではと思いはじめた。とにかくできることからはじめてみようと、訳す予定の洋書をぺらぺらとめくってみたのが、つい最近の話だ。愛犬ハリーとソファに寝転がりながら読み進めていくと、忘れていた感覚が徐々に蘇り、そわそわしてきた。大人の哀愁に満ち、アメリカの雄大な景色までも見えてくるような筆運びに感激した。親子の愛情の深さと脆《もろ》さを的確に表現しつつも、それに翻弄されていく人生の悲しさもたっぷりと描いている。なんと素晴らしい。良い本じゃないですか。これは一刻も早く訳さなくてはならない！と、ソファから飛び起きて早速作業をスタートさせた。そこから再び、私は翻訳&戦闘モードに入ったのだった。

不思議なもので、翻訳が順調に進めば進むほど、翻訳以外の文章も書けるようになってくる。ようやく翻訳作業をスタートさせたことで、ずいぶん遅れていたエッセイの原稿も徐々に書くことができるようになってきている。こうなってくると、途端に上機嫌になり、汚れ放題だった部屋も、山積みの洗濯ものも、ほこりが溜まりつつあった家具の上も、徐々にきれいになってきている。これで、編集者に迷惑をかけずに済むとほっとして、精神的な重荷が減ったのが功を奏したのだろう。

最近では、エッセイを書く機会が増えている。私はエッセイを書くことが好きだし、書かせてもらえるのはうれしいことなのだが、同時に、翻訳も決して嫌いではないと実感している。遠い国に住む著者は、翻訳をする私と同じぐらい長い時間をパソコンの前で過ごしたはず。そんな著者の作品を預かる重責に不安を感じることはあるけれど、一行一行、日本語に置き換えていく作業はきっと私に合っている。なにせ、楽しい。

だから今日も、朝一番にPTAの会合に出て、急いで家に戻り、翻訳作業を進めつつ、こうやって原稿を書いている。ちょっと疲れたけれど、明日もがんばる所存。

もしも書けなくなったら

もしも書けなくなったとしたら。書くことを仕事にしている人間は、きっと何度も考えることだろう。

私が書きはじめたのは、二十代の最後だった。それまでずっと、書くことが好きではあったけれど苦手意識があって、自分には才能がないから無理だと考えていた。小学生のとき、年に一回配付されていた文集に掲載されたいがために、必死になって作文を書いたが、六年間を通して一度も採用されることはなかったし、褒められたこともなかった。だから自分には作文の才能はゼロだと思っていた。

中学生になって、国語の先生に作文を褒めちぎられ、有頂天になった。その頃から、文章を書くという課題があれば人一倍張り切って書くようになった。指示された文字数以上に書いて提出していた。それだけ、あの頃の私は書きたいという気持ちが慕っていた。先生たちも、私の気持ちを受け止めてくれた。

しかしその気持ちが消え失せてしまったのは高校生のときだ。いわゆる反抗期というか、斜に構えるというか、ひねくれるというか、文字に書き起こすよりも、読むことに集中するようになった。そこからひたすら、私の読書期は続く。延々と続く。

友人に誘ってもらいウェブサイト製作に参加し、自分の好きなトピックを書きはじめたのは派遣社員として働いていた頃だ。二十代後半だった。そこから突然、休まず書き続け、淡々と下らないことばかりを書き続け、笑えることをただひたすら探すような生活を経て、気づいたら翻訳家になっていた。しかし、翻訳の仕事も職業としてようやく成り立つようになったのは四十代中盤だ。

つまり私は、鳴かず飛ばずの状態で十五年以上書いて、訳して、ようやくそれを仕事にすることができた。今のように訳しながら書くようになって、まだ十年は経過していない。人生の半分を過ぎてしまった年齢だが、このようにして書けるようになって、わずか数年なのだ。ようやく安定したと思ったら、そろそろ高齢者なんだから、本当に酷い。

この仕事をいつまで安定して続けられるのかはわからない。そもそも安定しているだろうかという疑問さえある。正直、あまり安定していないと思う。いつ何時、原稿依頼がぷつりと途絶えてもおかしくない。そして、書ける人というのは、書き続けることができる人だ。とにかく淡々と、自分のリズムで書き続けていくことができる人が生き残る。常に弾を（原稿を）装塡《そうてん》しておくことができる人が勝つ。私がこれから先も書き続けられるかどうか、それは神のみぞ知る。

ただ、私にはひとつ確信のようなものがあって、例えばこれから私が突然まったく満足いく文章が書けなくなり、書く仕事が自分の職業として成り立たなくなったとしても、私自身はそう変わらないということだ。残念で惨めな気持ちにはなるだろう。でも、それ以外は、あまり変わらないのではないだろうか。

そもそも、誰が読んでくれるのかもわからない文章を毎日淡々と十年以上も書いていた私だ。読まれない状況には慣れている。読まれないプロだ。そして、またその地点に戻ればいいだけの話なのだ。淡々と書いて、淡々と読む。一人孤独に、笑えることを探して生きる。それで満足だ。

親愛なるケリー

昨年（二〇一六年）、入院し、手術をした。ベッドの上から動けない日々が続いていたある日、時間を持て余した私は、病室備え付けのテレビのスイッチを入れた。映し出されたのは、貧困や紛争に巻き込まれ、厳しい暮らしを強いられている子どもの支援を行う国際NGOの活動について伝える番組だった。幼い子どもたちの姿に胸が痛んだ。持ち込んでいたタブレットを使って調べてみると、募金という形で支援に参加するのはそう難しいことでもないらしい。支援先決定に関する一切合切を事務局に任せるという項目にチェックをし、申し込んだ。退院したら酒をやめようと決めていた。浮くはずの酒代で充分払える額だった。

退院して慌ただしい生活を送っていた私は、このことをすっかり忘れていた。一ヶ月ほど経過した頃、事務局から封書が届いた。私がこれから支援する地域と子どもが決まったという連絡だった。支援するのはルワンダで、子どもの名はケリーだった。十二歳の少年で、父親はすでに亡くなっており、母親と二人暮らしだそうだ。十二歳といえば、私自身の双子の息子たちと同い年である。同封されていた写真を見ると、青い半袖シャツを着た、年齢より少しだけ幼い様子の少年だった。

封書には、子どもへの手紙の書き方や、その際の注意事項が記された冊子も同封されていた。日本語で手紙を書くと、日本の事務局でまず英語に訳し、それを現地事務局に送り、ボランティアのスタッフが子どもの読み書きできる言語へと置き換える。つまり、本人に届くまで時間がかかる。だから、簡単でもいいので英語で書いて欲しいとあった。文具を同封すると子どもは喜ぶそうだが、大きなプレゼントを送ると、それが原因でいじめに繋がる場合もあるという。そんなこともあるのだなと驚きつつ、早速挨拶の手紙を書いた（一応翻訳家なので、英語で）。

親愛なるケリー

はじめまして。これからあなたの住む地域を支援することになりました。学校は楽しいですか？　お母さんは元気ですか？　私は日本に住んでいます。ルワンダからはとても遠い国です。よかったらお手紙を下さい。

あなたの支援者より

一ヶ月後、また忘れた頃にケリーから返事が届いた。

親愛なる支援者さま

はじめまして、お元気ですか？　ぼくも家族もとても元気です。プレゼントと素敵なお手紙、本当にありがとうございました。またぼくも手紙を書きます。

ケリー

遠くルワンダに住む彼に、確かに私の手紙が届き、彼はそれを読み、返事を書いてくれた。たったこれだけのことに心を動かされた。鉛筆で書かれた幼い文字を何度も何度も繰り返し眺め、ルワンダの町並みや学校に通うケリーの姿を想像した。買い物途中に文具コーナーに立ち寄って、どれを送ろうかと迷う。派手過ぎず、でも使いやすいものがいいだろうと、あれこれ手に取ってみる。スポーツは何をしているのだろう、お母さんは元気にされているのだろうかと、気づけば色々と考えている。そういえば、私はルワンダについてほとんど何も知らない。ルワンダに関する本を何冊も買い、時間を見つけては読むようになった。

ケリーからはビデオレターや手紙がぽつりぽつりと届いている。私も、その都度、短い手紙に鉛筆などの文具やカードを同封して、彼に送り返している。いつの間にか私にとって、ケリーは年の離れた友だちのような存在になった。健やかに育って欲しい。毎日元気に走り回っていてくれるといい。

若さと食欲

先日、息子に誘われて「家系ラーメン」を初めて食べる機会があった。これが私にとっては、いくつかの発見に繋がったので、それについて書こうと思う。

わが家の双子の息子たちは、十五歳の中学生。二人とも、私よりはるかに背が高い。どこに外食に出かけても、最大ボリュームの一品を注文するような、成長期にありがちな大食漢だ。二人とも体育会系で（一人は剣道、もう一人は筋トレに燃えている）今時の若者といった雰囲気。まだまだ子どもだが、最近はふと、成長したなと思う瞬間が増えている。発言も妙に大人びてきた。私を醒《さ》めた目で見ているときがある。部屋に籠もって出てこない日もある。この前まで保育園に行っていたと思っていたのに、あっという間に身長が百八十センチ近くになり、重い物も軽々と持ち上げてしまう。自分よりもずっと背の高い子どもと一緒に出かけるというのは、少し不思議な気分だ。不思議というか、お婆ちゃんにでもなったようで、少し戸惑ってしまう。

この日、学ラン姿で走って帰宅してきた次男が荒い呼吸をしながら言うには、私がよく行くスーパーの近くに、「めちゃくちゃ旨《うま》い家系ラーメン」なるものが開店したらしい。客が大勢並んでいるらしい。クラスメイトによると、「あんなに旨いラーメンは生まれて初めてや！」というほど、史上最高の、感動の味だという。もうすでにクラスの何名かが行っていて、その美味しさについて語り合っているらしい。絶対に俺も行きたい、今すぐにでも行きたいと騒ぐ。

私には次男が興奮して言う、その「家系ラーメン」というものが何かわからなかったが、彼に言われるがまま、ちょうど帰宅してきた長男も誘って三人で行くことにした。

ド派手な赤い看板が目立つその店は国道沿いにあって、とても混雑していた。ランチの時間には客が並ぶことが多々あるらしい。早速店に入ろうと駐車場に車を停め、外に出ると、双子はまるで私に隠れるように、こそこそと後ろについてきた。こういうところは、まだ十五歳だなと思う。母さんと行くのはちょっと面倒だが（恥ずかしいような気もするが）、自分たちだけで行くのはなんだか怖い。そういうことだろう。そういうシチュエーションは他にも多々ある。一人で歯科医院に行くこともできない十五歳なのだ。フフフ、まだまだ子どもだなとニヤつきつつ、店舗まで歩いた。もうすでに行った、めちゃくちゃ旨かったと自慢げに語ったという次男の友達も、お母さんと一緒に来たに違いないと思った。

店の入り口付近にある券売機で食券を買った。どれがいいのかわからないので、「迷ったらこれ！」というメニューを私は選び、購入した。息子たちは、やれ醤油ベースだの、塩ベースがいいだの、味玉はひとつだけ、でもチャーシューは三枚トッピング、それから唐揚げを二皿欲しい……などなど、山ほど食券を買い込んで、緊張した面持ちで席に着いた。

賑やかな店で忙しく働いているのは全員が男性で、そのうえ若かった。息子たちとさほど変わらない年齢のように見える。きっと店舗近くの大学に通う学生さんたちだろうと思った。きびきびと動き、とても丁寧な接客だ。

なんだかちょっと、感動して涙ぐんでしまう。彼らの後ろ姿に、思わず息子たちを重ねてしまう。うちの子たちも、いつかアルバイトをするようになるのだろうか。できるのだろうか。仕送りってどれぐらいかかるのだろうと、つらつら考えていたら、麺の固さ、スープの濃さ、テーブルの上にある各種調味料を混ぜて、好きなように味をカスタマイズできることなどを、流れるようにアルバイトの男性が説明してくれた。私はあまりよくわからなかったが、息子たちはしっかり頷《うなず》いていた。そして真剣な眼差しで各種調味料を選んでいた。

ラーメンを待っている間、「家系ラーメン」とはどんなものなのか、壁に貼られたポスターの説明書きを読んだ。発祥は横浜で、豚骨、鶏ガラから取った出汁を使った濃厚スープと太麺が特徴だという。麺、油、味など、細かく注文に応じてくれるらしい。確かに、アルバイトの若者がそう教えてくれた。厨房では、誰もが忙しそうに働いていた。大きな声で「いらっしゃいませー!」と声を合わせる。店内はほぼ満席。子どももたくさんいて、人気店だということはすぐにわかった。

あっという間にラーメンは目の前にやってきた。息子たちは待ちきれないといった表情で、すぐに食べ始めた。私はまずはスープでもいただきますかと一口飲んだが、どっしりとした濃い味だった。あら、想像していたよりも美味しいわ（すいません）と思った。

が、店のメニューのなかで最も細い麺を選んだというのに、私にはその細麺でも重かった。おお、これはかなりヘビーな麺だな、美味しいけれどこれを完食したらかなりのダメージかもしれないと思いつつ、息子たちをチラリと見ると、なんと、あまりの感動で無言になっているではないか。目をつぶって、しみじみと「旨い……」と言っていた。「なんて美味しいんだろう」、「これはヤバい」、「こんな味は初めてだ」と、いたく感激している。そしてスープまで飲み干すと、「もう一杯食べていい？」と私にキラキラする目で聞いたのだった。もちろんチャーシューは、追加で三枚トッピングだった。すごい。若さとはこんなにも力強いのかと考えた。

家路につく車内でも、「なんだあれ！　あんなに旨いものがこの世にあるなんて！」、「ああ、もう一回食べたい。来週も行きたい！」と双子は大盛り上がりしていたものの、私の胃はその時すでにギブアップ寸前の状態だった。ハンドルを回すのも辛い。運転しながら、どんどん体力が奪われていくのがわかった。濃厚なスープが絡む麺が、細麺のはずなのに十分に太麺だったそれが、胃にずっしりと重い。なんとなく、両肩も重くなってきたような気がする。美味しかったのに、五十代の私には重いな、「家系ラーメン」。悲しいことに、私の胃はもう、濃厚なものを受け付けなくなってしまったようだった。知っていたけれど、少しショックだった。生命力の差を見せつけられたようだった。

この、「美味しいのに食べることができない」現象が起きるようになったのは、ここ数年だと思う。若い頃は、とにかくなんでも食べた。濃い味つけの洋食なんて、両目を輝かせて食べていた。大好物だった。貧乏学生時代は、ひたすら宅配ピザに憧れた。いつかお金を稼いで、あの宅配ピザのLサイズを一人で食べきってやると闘志を燃やしていた。ただのLサイズではない。ペパロニを増量したバージョンだ。そんな夢を見ていた私が、気づいたらピザ自体、なかなかどうしてきつい年齢になってしまっていた。あの頃のガッツを取り戻したい気もするけれど、もう私には無理かなとも思う。

寄る年波には勝てないとしか言いようがないが、私自身がシンプルな味を求めるようになったこともあるだろう。骨付きの鶏肉を野菜と一緒にゆっくりと炊き上げたスープなんて、大好物だ。味付けはほんの少しの塩胡椒でいい。肉と野菜のバランスがちょうどいい、しっかりと火の通った一皿があればそれでいい。ご飯も、お茶碗に軽く、ほんの少しでいい。一汁一菜が流行ったけれど、まさにそれだ。朝ご飯なんて、ささっとキッチンで立ったまま済ませてしまうようになった。

先日、仕事の打ち合わせのあとに親しい編集者と食べた近江牛懐石が本当に美味しかった。それほど高いコースではなかったが、まさに「ちょうどいい」感じなのだ。近江牛のロースト、小鮎の甘露煮、秋茄子揚げ煮……思い出すだけで、幸せな気分になる。体に優しく、ほんの少しの量で、いろいろな食材を楽しめる懐石がいいと思う日が来るとは、想像していなかったものの、ついに私も初老の階段を上り始めたのかもしれない。朝からパスタも平気だった私はどこへ行ってしまったのだろう。

でも、ガツガツと食べなくてもよくなったことは、実はとても楽なのだ。ふと気づくと、あ、もしかしたらお腹が空いてきたかも……なんて余裕は、若いときにはなかった。常に、あれが食べたい、これが食べたい、しかし時間もお金もないと、慌ただしい限りだった。少し落ちつくことができて、楽になった。年を重ねるのも、悪くないなと思いはじめた。

成長期にある息子たちの食べっぷりを見ていると、自分自身が中学生だった頃のことを思い出す。あの頃は、何を食べても美味しかった。放課後、友達と誘い合ってレストランに行き、ラーメンやパスタを食べておしゃべりするのが何より楽しかった。そして、数ヶ月に一度、母と外食するのも面倒くさいけれど楽しかった。そういえば母も、洋食じゃなくて和食がいいと、毎度言っていたことを考えたりする。私が大好物のハンバーグをモリモリ食べる横で、うどんを食べていた母がいたなあと思い出す。

III

なつかしい人と味

動物好きのパン屋さん

十年ほど前、わが家の近くに小さなパン屋がオープンした。本当に小さな店舗で、店舗というよりはむしろ、自宅の一部を改装してとりあえずパンを置くスペースを作ったような、そんな雰囲気のあるアットホームな店だった。店主は寡黙な人で、滅多に奥の作業場から出てこない。忙しく働く後ろ姿をときどき見かけては、思ったより若いなと思うだけだった。無口だけれど、仕事に全力投球している彼のことは、すぐに好きになった。というのも、彼が焼くパンは、とても美味しかったのだ。まさに職人だ。特に食パンと、ハード系のパンが美味しかった。

店主は人嫌いのようだったが、彼のパートナーのミカちゃんはとても明るい人だった。働き者で人当たりがよく、客の話に付き合うのが上手だったから、会計が終わってもミカちゃん相手に立ち話をする人が多かった。私もそんな客の一人だった。

寡黙な店長が作るパンは本格的で、ずっしりと重く、固い、小麦の香りが強いパンだ。そんなパンが大好きな私は感激したが、高齢者が多い田舎の地域だけに、柔らかいパンがあっても売れるだろうなとは思っていた。

店長もそう思ったのか、しばらくすると店先に、惣菜パンがずらりと並ぶようになった。とても柔らかく、甘く、おやつにぴったりな惣菜パンばかりで埋め尽くされた店内は、おしゃれじゃないけど懐かしい雰囲気に包まれていた。わが家の子どもたちは、この店のパンで育ったと言ってもいいぐらいだ。

オープンから数年経過したころ、とある月刊誌から依頼が入った。地方の美味しいパン屋を紹介する取材記事だという。私はすぐに引き受け、そしてこの小さなパン屋を紹介した。ミカちゃんは取材を喜んで受けてくれた様子だったが、店長はどのように感じているのかわからなかった。私が立ち寄ったとき、ミカちゃんが遠慮がちに「うちの店でいいんですか……？　店長も、大丈夫かなって心配してるんですけど」と言うので、「いつもの通りで大丈夫ですよ」と答えた。

取材日当日、編集者とカメラマンが田舎の小さなパン屋にやってきた。私も撮影に参加したが、カメラを構えられた店主はとても居心地悪そうで、無言でせっせと作業を進めていた。大丈夫かなあ、悪いことしちゃったかなあと少しだけ心配になったものの、雑誌が出版され、私が一部届けに行くと、奥の作業場から店長が店先に出てきた。

「ありがとうございます」
「こちらこそ、ありがとうございます」
「すごくうれしいです」
「そう言っていただけて、私もうれしいです」

たしか、こんな会話を交わしたと思う。

その後も、私は愛犬のハリーを連れて店を訪れ続けた。週に数回、通い詰めたと言ってもいい。子どもたちが店長の焼く惣菜パンを大好きだったこともあるが、なにより私が店長のパンが好きだった。彼の焼く食パンは、甘すぎず、柔らかすぎず、皮がぱりっとしているのだ。

店長は無類の猫好きなうえ、わが家の愛犬ハリーのことが大好きだった。私がハリーを連れて行くと必ず作業場から出てきてくれ、かわいいなあと言って撫でてくれた。私だけで店を訪れると、「ハリーは来ていないんですか」と明らかにがっかりした様子で言った。ハリーにあげようと思ってたんだけど、もういいや、村井さんにあげますと言って、パンの耳をもらったこともある。この人、たぶん人間より動物が好きだなと思った。

ある日、店長が病気になったことを人づてに知った。しばらく入院して手術をするとも聞いた。根掘り葉掘り聞くこともできず、ただ、途切れないように店には通い続けた。数週間で退院できたようだったが、しばらくは店のパンがミカちゃんの焼いたものになっていたと思う。いつもとは違う、少しだけ形が崩れたパンだった。

店長が回復し、店に戻ったと聞いた直後のことだ。今度は私が病気になって入院してしまったのだ。店長もミカちゃんも、突然店に来なくなった私を心配してくれていたようだ。数ヶ月ぶりに、げっそり痩せた姿で店に行くと、二人ともとても驚いたけれど、温かく迎えてくれた。「心配してたんですよ。パンが口に合わなくなってしまったのかなって思って」と、店長は言っていた。

この日以来、私と店長は「病気友達」になった。私が行くと、店長は必ず作業場から店に出てきてくれるようになった。互いの体調を話し合い、どんな薬を飲んでいるか、どれぐらいの頻度で通院しているのか、パンそっちのけで話し込んだ。最後は必ず、お互いがんばろうとエールを送り合う。そして店長はハリーをひとしきり撫で、私はパンを持って家に戻る。店長はいつもたくさんおまけをくれた。そんなことの繰り返しだった。

私の術後一年が経過したあたりで、店長の体調が不安定になりはじめた。「再発しちゃって。もうあまり長くないみたい」と言う店長に、私は何も返すことができなかった。ミカちゃんが急いで「でもさあ、ほら、新薬を試すことになってるじゃん！　大丈夫だよ！　絶対に大丈夫だって」と店長に言った。私も、「そうですよ！　私もがんばるから店長もがんばろうよ」と必死に言った。店長は「ちょっと入院するけど、また戻ります」と言ってくれた。

結局、店長が戻ってくることはなかった。店長を失ったパン屋が閉店となった日、店の前まで行くと、ドアに十年間お世話になりましたと張り紙があった。ミカちゃんは元気だろうか、常連客の誰もがそう思っただろう。しかし一向にミカちゃんの行方は知れないまま、あっという間に数ヶ月が経った。私は近所の友人の一人に、もしミカちゃんと連絡が取れるようであれば、私が少しだけでいいから会いたいと言っていたと伝えてくれと頼んだ。

その数日後、焼きたてのパンを持って、ミカちゃんはわが家にやってきた。突然で驚いたけれど、前のままの明るいミカちゃんだった。「店長のこと、聞きました。残念です。動物が大好きな優しい人でしたね」と言うと、ミカちゃんは顔を真っ赤にして泣いた。私も泣きそうだった。

そこからまた数ヶ月が経過し、先日私はミカちゃんの新天地までパンを買いに行ってきた。地元の方の協力のもと、新しい店舗がオープンしたのだ。前より明るく、広い作業場。以前と同じパンだけど、形が整い、パッケージも美しくなり、種類も増えていた。私が大好きだった食パンも、ちゃんと焼き上がっていた。作業場で忙しそうに働くミカちゃんは、なんだかとても頼もしかった。店長の技を立派に受け継いだ職人さんが、こうして誕生したんだなと、うれしく思った。

母とタータンチェック

母は私に多くを与えてくれた。小さな頃から、私が欲しいと言えば、ほとんどすべて二つ返事で買ってくれた。もちろん、高価なものは相当頼み込む必要があったけれど、必死に頼めば、母は、仕方がないわねといった顔で必ず購入してくれた。私は子どもの頃から電化製品が好きで、新しいものが大好きだった。だから、母にはいち早くウォークマンを買ってもらったし、当時とても高価だったビデオデッキも、数ヶ月かけて母を説得し、最終的には購入してもらった。

私と同じように（あるいは、私が母に似ているのかもしれないが）、母には収集癖があって、凝り性で、実家には母のその収集人生とこだわりの証のように、様々なものがぎっしりと並んでいた。本、器、家具、レコード、とにかくごちゃごちゃと大量にあった。手作業も好きで、パッチワークや編み物を飽きることなくやり続けていた。私が幼少の頃は、油絵も描いていた。経営していたジャズ喫茶の店内に絵を飾ることも多かった。地元の絵描きの個展を定期的に開いていた時期もある。とにかく母は、一旦やり始めたらとことんやる人だった。

そんな母が手作業や絵を描くこと以上に凝っていたのは、衣類を買い集めることだった。母は自分自身も様々な服を買っては着飾る人だったが、私を着飾らせることも大好きだったようだ。私の記憶のなかの母は、常にデパートに行っては、これがかわいい、あれが素敵と言って、私にスカートや靴やバッグを買ってくれた。もちろん、高級品ではなかった。でも、それはいつも少し変わったデザインだった。

私が小学校に入学したあたりから、母が最も情熱的に買い始めたのが、タータンチェックの巻きスカートだった。その巻きスカートに、金色や銀色のピンを留める。ブラウスは白。トレーナーは、スカートの色に合わせて買いそろえていた。自分は膝下十センチぐらいの長さの、同じタータンチェックのスカートを手に入れ、私には膝丈のスカートを買って、大喜びでペアルックにしていた。母は巻きスカートに薄手のセーターを合わせることが多かった。色は少し濃いめのベージュや茶、黒だったように思う。

母はそのタータンチェックのスカートに、紺のハイソックスと黒いローファーを合わせなさいと私に何度も言いつけた。私もそれが嫌いではなかったが、どうしてもジーンズのオーバーオールとスニーカーの組み合わせが好きだった。父は私が小ぎれいな格好をすると（タータンチェックのスカートを穿《は》くと）、「おまえには似合わない。オーバーオールにしとけ」と言って、私を着替えさせた。私はほっとして、オーバーオールの裾を折り、公園まで走って行ったものだった。

成長するにつれ、母が与える可愛らしい服が好きではなくなり、どんどんボーイッシュに傾いていったのは、父と過ごす時間が多かったことが影響しているのかもしれない。

それでも、母のタータンチェックの名残は今もある。私が持っているバッグや財布といった小物は見事にタータンチェックのものが多い。自分でもその理由がわからないが、とにかくタータンチェックを選んでしまう。子どもたちのバッグや文房具もそうだ。だから、『家族』（亜紀書房）の装幀デザインを初めて見たとき、ふふふと声が出てしまった。懐かしい、母を思わせるタータンチェックだったからだ。

「家族」のあとで

『家族』が発売となった。古くからの知り合いが早速読んでくれたらしく、また、いつも一緒に仕事をしている編集者のみなさんからもメールなどで感想をいただいて、本当にうれしく思っている。改めて、書いてよかったと思う。

読む人によっては衝撃的な内容かもしれないし、自分の家族のことを思い出して辛い思いをする人がいるかもしれない。どんな人にも家族への苦い思いはあるはずだ。むしろ「書くことができない」ほど、辛い経験をしている人も多いかもしれない。家族というのは、そういうものだと思う。

本書については、とても淡々と書くことができた。頭の中では何百回も考えてきたことだし、特にここ数年は自分の中で答えが出ていたことでもあり、それをきれいに整理できてよかったと思っている。

私は複雑（かもしれない）家庭環境で育った犠牲者ではなく、犠牲者の可能性があるのは、むしろ私以外の人たちだ。父は若くして亡くなり、母は育てにくい子どもに翻弄され、兄は誰にも理解されない状況から抜け出せないまま亡くなっている。私の家族の中で、私だけが全ての困難をかいくぐり、今も生きている。溺れそうになる私を、水流に呑まれながらも岸に辿りつかせたのは、今はもうこの世にいない三人なのではと思う。だから、そのことを残さねばならないと思って書いた。

状況が違えば、環境が整っていたら、きっと同じ最後にはならなかったのではないかと思う。早い時期に誤解を解いていれば、こじれる前に話し合っていれば、関係は改善できたに違いない。でも、結果的にそうはならなかった。そこが家族という集団の難しさであり、私の失敗だ。私の大いなる失敗の物語を読み、みなさんがどう感じるか、私も知りたい。是非、感想を寄せていただきたい。

いずれにせよ、私自身は、狭くて古いアパートで一緒に暮らしていた彼らに対する最大の感謝を込めて書いたつもりだ。母にとっては辛辣《しんらつ》な内容で、もし生きていたら激怒されそうだが、それでも、激しい人生を生きた同じ女性として、常に自分を後回しにし、周囲の人間を助け続けていた母に対する親愛の情を込めた。父のことは、別れがあまりにも早く、多くを書くことができなかった。でも、今も元気で暮らす父方の親戚に、私の気持ちが届けばうれしい。兄については、複雑な気持ちを抱きすぎていて、どう表現したらいいのかわからない。ただただ、兄が今となっては静かな世界にいるという事実で納得するしかない。

カバーの写真が私たち家族の多くを物語っている。カメラを真っ直ぐ見る父、膝に座らせてもらい、うれしそうにはにかんでいる兄、私を抱きながらも、視線を兄に注ぐ母。ボロボロのアパートで静かに暮らしていたこの家族の最終形態が、たった一人残ったのが、私なのだ。

昭和と暴力

私と兄が子どもだった頃（昭和四十年代前半から五十年代）、暴力は日常のあらゆる場面に存在していた。それはいつも、大人から子どもに、容赦なく加えられていた。私と兄の生活環境に、暴力がどのように存在していたのかを考えてみると、はっきりとわかることがひとつある。私も、そして兄も、大人から殴られた経験は少なくないということだ。

特に兄は、大勢の大人から、ありとあらゆる理由で殴られていた。小学校、中学校では教師に殴られ、近所の大人には生意気ないたずら坊主だと殴られた。げんこつという名の暴力だった。それは両親の知らないところで行われることもあったし、そうでない時もあった。殴られる兄を目撃しても、周囲の大人は助けようなんてこれっぽっちも考えていなかったはずだ。あいつにはこれぐらいがちょうどいい、あんなやんちゃな子どもには少しぐらいげんこつが必要だ。そんな雰囲気が蔓延《まんえん》していた。それが昭和という時代であり、港町で暮らすということだった。

私自身が大人に痛烈なげんこつを落とされるようになったのも、就学してからのことだ。何度か手痛く殴られて、その衝撃は今でもはっきりと記憶している。教師が生徒を殴るという理不尽も、そういう時代だったとのひと言で片付けられるのには納得がいかない（今は世の中も変わり、ときおり訪れる息子たちの学校は、とても温かい雰囲気に満ちていることは付け加えておきたい）。

両親からは大声で怒鳴られた記憶さえない。一度だけ、母と大げんかをして、枕を投げ合ったことがある。しばらく思い切り枕を投げ合って、そのうち楽しくなってきて、二人で笑い転げた。私が知る限り、兄も両親から一方的に殴られていたことはない。確かに父と兄は、互いの顔を見ればぶつかり合うような関係だったが、実際に殴り合ったことは数回しかなく、つらい幼少期を過ごされたのですねと言われることが多いのだが、それは違う。体の大きな二人が全身の力を振り絞って取っ組み合いをしていたのが私の記憶だ。そして母は、子どもを殴るような人間ではなかった。

確かに寂しい幼少期は過ごしていたけれども、両親からしつけという名目で折檻《せっかん》されたことは一度もなかったし、家の中にいれば私たちは安全だった。両親から手を上げられたことが一度もないということは、私にとっては救いだ。

兄が人格を形成する上で、大人から殴られ続けた経験は大きすぎるほど影響していると断言してもよい。兄を殴った大人たちは、今は高齢者となって、もしかしたらあの頃のことをすっかり忘れているかもしれない。孫を膝に抱き、昔は厳しい時代だったとしんみり考えているかもしれない。しかし、殴られた子どもたちが今もなおその痛みを引きずっているように、子どもに手を上げた当時の大人たちは、子どもを殴った瞬間その拳に感じた痛みを、一生引きずって生きていくべきだ。そういう時代だったとごまかせると思ったら大間違いだ。兄はもう死んでしまったが、兄の痛みは私が引き継ぎ、それは私が死ぬまで消えない。

兄と発達障害

『兄の終《しま》い』（CCCメディアハウス）を書いてから、何度かインタビューなどで兄の発達障害の可能性について聞かれてきた。兄に他の子どもとは違った特徴があったかというと、確かにそれはあったと思う。『家族』にも書いたが、兄には子どもらしからぬ集中力があったし、常に多動気味だった。饒舌《じょうぜつ》で、一旦話し出すとなかなか終わらなかった。親戚から聞いた話によると、幼少期も短時間しか眠らずに動きまわり、両親を悩ませていたらしい。

私の記憶にある兄も、常に落ちつかず、不安そうな表情で貧乏揺すりばかりしていた。声も体も大きく、発言があまりに自由奔放だから、どこに行っても場を凍り付かせていた。自分に注がれる冷たい視線に気づかないようでいて、実は敏感に気づいており、それを恐れるあまり、どんどん大声を出してしまう人だった。収集がつかなくなると、なんとも言えず困った顔で、その場を去るようなことが多かった。だから兄は、突然やってきては吹き荒れ、そして去って行く台風みたいなやつだと言われていた。

一方で、プラモデルを作るとき、雑誌や本を読みふけるとき、兄は完全に自分の世界に入り込み、何時間でも集中することができた。兄の作るプラモデルは、とても美しく、立派だった。私にとっては、明るく元気な兄、しつこくて鬱陶しくて、無神経だけど優しい兄、そして本気を出したらなんでもできるすごい兄だった。だから、兄にどんな特徴があったとしても、私のなかで兄は今でも、型破りで大胆で、ときに迷惑な兄以上の何ものでもない。本当に激しい人生だったと思う。

両親が兄の特徴をどのように考え、どう対応しようとしていたのか、今となっては何もわからない。二人で悩んでいたのは知っているけれど、解決法を探していたのかどうかも知らない。なにせ、私たちが子どもだったあの時代、発達障害という言葉自体なかったし、そのような特徴が兄にあったとしても、両親が彼を専門家に会わせ、診察を受け、そしてそれが何らかの配慮に結びついたとは到底思えない。

兄は本当にパワフルな人で、その有り余る力で大人を困らせ、周囲を圧倒し、傷つけ、そして何より自分自身をとことん傷つけながら生きた。生ききったのだと思いたい。

兄は晩年私に対して、何度か「俺はどこかおかしいのか?」と聞いてきた。私はそのたびに、「何もおかしくないよ。力が有り余ってるだけでしょ」と答えてきた。溢れてしまう力を抑える方法を知らないから、理解されずに苦しいのだろうと、薄々、気づきながら。

もし兄がもっと早い段階で、例えば十代の頃に自分の弱さを理解し、それをどうにか乗り越えることができていたら、きっと彼は今も元気で暮らしていたのではないか。そう思わずにはいられない。

ガラスの向こうの母と兄

先日、ふと思い出したことがあった。私がＩＣＵ（集中治療室）に入院していた七歳になったばかりの頃の話だ。

心臓手術を終えた私は、私の記憶が正しければ、二週間程度ＩＣＵに留まっていた。同室で同い年だった別の心臓病のふみちゃんは、私よりもずっと先に一般病棟に戻っていたが、なぜか私は取り残されていた。私よりもふみちゃんの症状が軽かったから、私の体力が戻らず、歩くことができないほど衰弱していたからだと、随分あとになって母から聞いたことがある。歩くことができなくなった状況は、確かに私も記憶している。子どもなりにショックだった。

ＩＣＵには次々に患者が来る。数日滞在して、回復して一般病棟に移る患者がほとんどだったが、中には亡くなる人もいた。それは、夜中に起きたり、昼間に起きたり、様々だった。機器類から聞こえてくる慌ただしい音で、ああ、まだだめなのかなと、あまり状況が理解できていないながらも考えたものだった。

ＩＣＵで過ごす時間は、決して楽しいものではなかった。重々しい、緊張した空気。一般病棟にいるときのように、看護師さんは声をかけてはくれない。動いてはいけない、あまりしゃべってもいけないと言いつけられて、私は徐々に気力を失っていった。唯一楽しみだったのは、二日に一回、母が白いガウンのような衣類を身につけて、食事時にＩＣＵ内にやって来ることだった。そのときだけ、私は母と直接会うことができた。だから、私はその時間をただただ楽しみにして、辛いことすべてを我慢していた。

ある日、看護師さんが、お母さんは来ることができなくなったと言った。「お母さんが風邪を引いてしまったんだよ」と説明してくれた。今のあなたはとても弱いから、お母さんから風邪がうつってしまったら大変。だから今日は看護婦さんで我慢してね、一緒にごはんを食べようねと言われ、私は泣いた。大いに泣いた。最後の方は、特に悲しくもないのに大声を張り上げた。そうすれば、わがままが通るとすでに理解していたからだ。

ＩＣＵに泣き叫ぶ子どもがいたら、そりゃあ困る。どのような話し合いが行われたのかわからないが、母がＩＣＵの大きなガラス窓の向こうに申し訳なさそうに現れたのは、それから数時間後のことだった。母の横にはニコニコ笑う兄もいた。

母は少し困ったような表情で私に手を振った。当時小六だった兄は、ぴょんぴょん飛び跳ねながら、おーい！　おーい！　と大声を出していた。母にパシッと後頭部を叩かれ、ゲタゲタ兄は笑って、口元に人差し指を当てて、しーっとやって、また笑った。母が風邪を引いたことに腹を立てていた私は、どうにかして母を困らせてやろうとニコリともせずに母を睨んでいたが、兄がおどけるものだから、どうしても笑ってしまう。兄は、そんな私を余計に笑わせようと、踊り、飛び跳ね、顔を窓ガラスに擦りつけた。兄の笑った顔が醜く歪む。豚みたいだ。私が笑うとますます兄は笑い転げて、真っ赤な顔をガラスに押しつけ、白目をむいた。汚れた両手をべったりガラスについて、次々と変な顔を見せるという捨て身の行動で、ＩＣＵ内部にいた人たち全員を笑わせた。兄の腕を引っ張って、どうにか止めさせようと必死だった母。そんな二人の姿を、四十年以上も後になって、ふと思い出した。

二人がこの世にいなくなってから思い出すなんて、あんまりだ。せめて十年前に思い出すことができていたら、少しは二人に歩み寄ることができたのに。

駄菓子屋の焼きそば

今となっては想像が難しいかもしれないが、昭和五十年代の子どもの多くが、放課後になると親にもらったこづかいを握りしめて足繁く通う場所があった。町の駄菓子屋だ。安い駄菓子が所狭しと並ぶ店内は、子どもにとって夢のような楽しい場所だった。

私が当時住んでいたのは静岡県焼津《やいづ》市で、海産物に恵まれた地域だ。大きな漁港のある町で、夕飯まで待てない子どもたちの空腹を満たしたのは、駄菓子屋のおでんと焼きそばだった。どの駄菓子屋にも必ず大きなおでん鍋が置いてあって、当時は一本十円から二十円。名物は「へそ」と呼ばれる鰹《かつお》の心臓の串。そしてなんと言っても、店主のおばちゃんが大きな鉄板で炒めてくれる焼きそばが美味しかった。

わが家に最も近い駄菓子屋「にしな」（仁科さんちの奥さんが経営していたから

「にしな」だった）のおばちゃんの焼きそばは絶品中の絶品で、今でも思い出しては、もう一度食べたいと思うほど。麺は少し硬めの細麺で、おばちゃんがぴかぴかに磨き上げていた大きな鉄板の横の、プラスチックのコンテナにきれいに並べられていた。にしなの焼きそばの特徴は、たっぷりの千切りキャベツ、すじ肉、天かす、青のり、かつお節、そして甘酸っぱいソースだ。それも、たっぷりかかっている。

おばちゃんが作る焼きそばは、勢いよく頬張ろうとすると、たっぷりかかったソースの酸味で咳き込むほどだった。しかし、ほどよい硬さの麺と甘酸っぱいソースのハーモニーはたまらなく美味で、子どもだけではなく、大人たちをも魅了していた。実家の週末のランチは決まって「にしな」の焼きそばのテイクアウト。親から千円札を渡された私が家族全員分を買って、持ち帰る。週末だけは、少し豪華な「豚入り」を買うことができたが、私はやはり、スタンダードのキャベツ、すじ肉、天かすが大好物だった。

先日、久々に訪れた実家近くを散歩し、懐かしい「にしな」を見に行ったが、すでに建物すら残っていなかった。わかってはいたけれど、あの懐かしい焼きそばはもう食べることができないと思うと寂しかった。

あの日のケーキ

突然死した兄を荼毘《だび》に付すため、宮城県多賀城市に向かったのは二〇一九年十月のこと。夜中に突然、塩釜警察署から電話が入り、「お兄さんがお亡くなりになりました」と聞かされたときの衝撃は今でもはっきりと記憶している。それよりも衝撃だったのは「早急にご遺体を引き取りに来てください」との、申し訳なさそうな警察官の言葉だった。

滋賀県に住む私が、縁もゆかりもない宮城県に、たった一人で兄を迎えに行かねばならない。数日後、絶望しそうになりながらも、最寄り駅から始発電車に乗り、多賀城市に急いだ。

多賀城市で最も強く印象に残っているのは、葬儀、アパートの退去、兄と同居していた甥《おい》の転居手続きなど全てを終わらせた日に立ち寄った、地元で有名な洋菓子店のことだ。磨き上げられたショーケースに並んだケーキは、素朴だが、優しさにあふれているように私の目には見えた。兄の死の悲しみとさまざまな苦労を強いられたことへの怒りで頑なになった私の心を解きほぐしてくれたのは、この店だった。

兄の死にまつわる事柄を、この洋菓子店のことも含めて、一冊の本として記した縁もあって、最近では熱心な読者が本を片手に洋菓子店を訪れてくれるようになったそうだ。事情を知った店主は、そんな読者と気兼ねなく会話してくださっているという。

兄の突然死という不幸のなかから、出会いが生まれた。兄が私に残した最後のプレゼントだったのだろうと思う。

ようやく受け入れた故郷

生まれ故郷の静岡県焼津市を離れてから、三十年にもなる。その間に帰省したことは、数えるほどしかない。理由は、実家に住んでいた家族と良好な関係を築くことができなかったからだ。

進学のため関西に引っ越したのは十九歳のときで、卒業してからも同じ場所にとどまった。関西で出会った人と結婚し、子どもができて、すっかり西の空気になじんだ。子どもができて、ようやく親の気持ちが理解できるようになり、これから関係を修復しようと思った矢先に母が病に倒れ他界し、その五年後には兄も亡くなった。父は私がまだ静岡に住んでいた頃にこの世を去っている。

不思議なことに、私以外の家族全員が鬼籍に入り、実家がもぬけの殻になった今になって、故郷のことを頻繁に思い出し、懐かしい気持ちになっている。大きな漁船と、どこまでも広い焼津港の空気を感じている。活気ある魚市場、真っ赤な夕焼け、美しい青空が、私の目に焼きついている。その懐かしい光景を思い出すたびに、私たち家族は決して不幸せな日々を送っていたわけではないと考えるのだ。

ちょっとしたボタンの掛け違いからすれ違ってしまった心は、もう取り戻すことはできない。でも、焼津で過ごした日々を思い出せばそれだけ、心が満たされていくような気がする。今だったら、あの切ないほど赤い夕焼けと広い海を好きになることができる。悲しい思い出も、楽しかった日々も、そのすべてが故郷なのだと受け入れることができる。

折れた心と阪急そば

一九八九年三月下旬、私は故郷である静岡県焼津市から、進学のため京都にやってきた。引っ越し当日は、母と兄が、わずかな衣類とマンガが詰まったボストンバッグと布団一式を車に積み込み、阪急上桂《かみかつら》駅近くに、やる気のない私が深く考えることなく適当に借りたワンルームマンションまで遠路はるばる送り届けてくれた。部屋のなかには冷蔵庫ひとつなく、がらんとしていて、そこにくたびれたボストンバッグを置いて眺めると、逃げ出したくなるほどみすぼらしく、悲しかった。

部屋を逃げ出したくて、母と兄と連れだって、偶然見つけた阪急上桂駅近くの家電量販店まで行った。母はうれしそうに一人暮らし用のこぢんまりとした家電を選び続けた。私は興味もなく、店の入り口近くのベンチに座って待っていた。当面必要になる冷蔵庫、洗濯機、炊飯器、こたつ。これだけ揃えると、再び三人で暗いワンルームマンションまで戻った。兄が、「自転車買ってやるよ」と突然言いだし、マンション裏手にあった古ぼけた自転車屋に私を連れて行き、かっこいいサイクリング自転車を買ってくれた。どこからどう見ても女子大生が乗るような代物ではなかったが、少しだけ心が晴れたことを覚えている。

夕方になると、母と兄は、それじゃあがんばれよという言葉を残して、あっさり帰ってしまった。テレビもない狭い部屋。隣の部屋からは住人が歌う松田聖子が聞こえてくる。カーテンもなく、寒く、暗い部屋で心細くなり、マンガを読みながら泣いていた。

私がはじめて京都にやってきたこの散々な日を遡ること三ヶ月前、年末のとても寒い時期に父が他界していた。私は父が亡くなる直前まで実はカナダに住んでいて、当時高校三年生だった私は、当然、そのままカナダでの進学を夢見ていた。しかし、現実はそう甘くなく、大急ぎで帰国した私は父が日増しに弱っていく姿を見ながら、進学についての決断を迫られた。今にして思えば、十九歳の世間知らずの娘にはショックが大きかったのだろう。夢も希望もなにもかもすべて消え失せ、父を失ったことの強烈な痛みだけを抱えて、気づけば私は京都に辿りついていた。辿りついたはいいけれど、結局、私はそのままほとんど大学に通うことはなく、暗い部屋でひとりで泣いて過ごすようになり、大学一年の夏休み前にあっさり休学を決めた。そこからは、あれよあれよという間に人生があらぬ方向に進み始めた。

隣の部屋から聞こえてくる松田聖子の歌声に我慢できなくなり、ある日ふらりと部屋を出て、二度と戻らなかった。ずっとあとになって母に聞いたことだが、母はひとりで京都にやってきて、マンションの管理会社の人に嫌みを言われながらも汚れた部屋を片付け、引き払ってくれていた。

そのとき私はすでに、右京区西京極にあった友達のマンションに転がり込んでいた。阪急西京極駅のすぐ近くにある、日の光が差し込む友達の部屋は、いかにも大学生の雰囲気に溢れ、羨《うらや》ましくてたまらなかった。彼女が作ってくれるアイスミルクティーが美味しくて、私もこんな生活をもう一度はじめて、今度こそ大学に通うのだと心に決めた。母に懇願して、同じマンションに一部屋借りる費用を出してもらい、部屋を借り、そこから朝から晩までアルバイトをしながら大学に通う日々がスタートした。

　アルバイトで疲れ切り、料理が面倒になった私は、連日、駅前の阪急そばに通うようになった。アルバイトを終えて、駅に降り立つとまっすぐ店に入る日々だった。お気に入りは天ぷらそばに、あじごはん。大きめの天ぷらが出汁を吸って柔らかくなるのがたまらなく好きだった。関東特有の真っ黒い出汁しか知らなかった私には、最初は物足りないように思えた薄い色の出汁も、慣れればあっさりと美味しくて、飽きずに毎日食べ続けた。

　通い詰めているものだから、働いているおばちゃんたちには覚えられ、なんだかんだと話す間柄になった。アルバイトを続けながらもなんとか五年をかけて卒業し、卒業してからも西京極に住み続け、阪急そばにも通い続け、結局、三十手前になるまで、私は西京極と阪急そばから離れることはなかった。

　先日、阪急そばの店名が変わるというニュースを読んで胸が騒いだ。私に声をかけ続けてくれたおばちゃんたちのいた、あの阪急そばが変わってしまうと思うとなんともいえない気持ちになった。最後の別れに行こうかどうか、ずいぶん悩んだ。

結局私は、西京極の阪急そばの最期を見届けることはなかった。しかし三月下旬某日、ノンフィクションライターで阪急そば愛好家の松本創《はじむ》さんのツイッターアカウントに、松本さんが西京極店を訪れた様子が綴られていたのだ。偶然ではあるのだが、松本さんも西京極で暮らしていた時期があったそうで、同じ阪急そばに足繁く通われていたらしい。阪急そばを「習慣的に食べるようになった原点の場所、西京極店」と松本さんは書いていた。私にとってもあの店は、折れてしまった気持ちを立て直し、再び歩き出す力をくれた店だ。松本さんの「最後の一滴まで味わい、万感のお別れ」という一行を読み、しばらく涙が止まらなかった。

青峯プール

抜けるように青い空に入道雲がもくもくと広がるとても暑い夏の日、一人で市民プールに出かけるのが私の夏休みの日課だった。小学校名と名前が黒いマジックで書いてある円筒形の赤いビニール製プールバッグに、タオル、水泳帽、水中めがね、お財布を入れ、自転車の前かごに突っ込むと、防波堤沿いの道をひたすら港まで走る。車もめったに通らない、アスファルトが一部剝がれ、砂埃が舞うでこぼこ道を、一心不乱に十五分ほど自転車を漕ぐ。私の自転車は私の体には大きすぎるもので、兄からのお下がりだった。その大きな自転車に乗って、濃厚な潮の香りに体を包まれるようにして進むと、前方に大きな市民プールの門が見え、塩素の匂いがふわりと漂ってくる。

青峯《あおみね》プールは港近くにある市民プールだった。広々とした屋外プールで、夏休みは親子連れで賑わっていた。プールを囲むようにして屋根付きの休憩所があり、麦わら帽子をかぶった母親たちが、お弁当や麦茶の入った水筒を詰めた竹製バスケットを手に、ベンチに座っておしゃべりに花を咲かせていた。夏休み中の子どもたちの楽しみは、この青峯プールで泳ぎ、母親たちが作ったお弁当をみんなで食べることだった。

青峯プールに到着すると自転車を停め、更衣室に行く。プールカードを入り口で見せて、ハンコを打ってもらう。Tシャツと半ズボンの下に水着を着て家を出たから、バッグを木製のロッカーに入れ、Tシャツと半ズボンを脱いで、水泳帽を被ればそれでよかった。私は赤いゴム製の帽子に三つ編みにした長い髪を乱暴に押し込んで、走って更衣室を出た。

消毒のための冷たいシャワーを浴びたあとは、もう一度、消毒のために腰まである冷たい水に浸からなくてはいけない。両方ともいい加減に済ませて、太陽光で焼けたでこぼこのアスファルトの上を急いで歩く。走ったら監視員のお兄さんに叱られる。だから、できる限り早足でプールまで急いだ。そして、プールの縁に腰をかけ、誰にも見られないように静かに水に入った。

二十五メートルプールにはたくさんの子どもたちがいて、誰もが楽しそうに泳いでいた。私は静かに水に潜る。潜った瞬間耳に届くのは、くぐもった子どもたちの声、そして澄んだ水音だけだ。そんな静かな水のなかで、大勢の子どもたちが両手両足を動かすのを観察するのが好きだった。静かな世界。冷たい水。きらきらと差し込む光。体は軽く、まるで水と一体になったようだった。私は一人でゆらゆらと、水面に浮いてその感覚をいつまでも楽しんでいた。

私のその静かで美しい世界に、突然乱暴に飛び込んできた子どもがいた。体を真っ直ぐに伸ばした状態でプールの底に手が届くほど深く飛び込み、そして突然、めちゃくちゃに水を掻き回すようにして手足を動かして浮上し、派手に水面から顔を出す。口から噴水のように、水を吐き出す。プールサイドのいたずらっ子たちから大歓声があがる。もう一回！　もう一回！　とはやし立てる声。飛び込んだ少年は勢いよく水から上がり、そして叱られるのも構わずプールサイドを全力疾走し、今度は別の場所からプールに飛び込んだ。

遠くから見ても、それが兄だとすぐにわかった。兄は誰よりも背が高かった。真っ黒に日焼けしていた。めちゃくちゃな勢いで頭からプールに飛び込むが、着水するとき、ほとんど水しぶきを上げないのだ。兄はプールに飛び込むことに恐れなど感じていなかった。プールサイドから両足が一気に離れ、宙に浮いたその瞬間、時が止まったように見える。兄はまるでトビウオのように体を曲げ、そして静かに着水する。着水し、深くまで潜り、もう戻ってこないのではと思った瞬間、手足をこれでもかと動かし、水を掻き回しながら笑顔の兄が水面に一気に顔を出す。口からぴゅっと水を出す。あの小僧は誰だと監視員は怒る。いたずらっ子たちは、もう一回！　もう一回！とはやし立てる。そんなことの繰り返しだ。

ひとしきり飛び込んだ兄と、満足いくまで水中を眺めた私は、一緒に自転車で家路についた。途中、兄はお腹がすいて仕方がないと言いだし、プールの帰りにいつも立ち寄る駄菓子屋で「かにぱん」を三つ買った。一つを私に手渡しながら、

「目から食べる？　足から食べる？」と聞いた。

「足から食べる」と私が答えると、

「お前はやっぱりバカだな！　目が一番うまいんだぞ！」と兄は言った。かにぱんを

食べ満足し、最後は二人で一本のソーダアイスを分け合って、照りつける太陽の下、防波堤沿いの道を家まで戻った。

青い水と塩素の匂い、日に焼けた兄の姿。忘れようとしても、忘れることができない。

あとがき

先日、双子の息子の一人が、思春期特有の怒りを爆発させ、「俺は家を出て行く！」と宣言した。宣言し、もう一人のところに行って、自分は家を出る旨、説明した。言われたほうは唖然としていたが一応納得し、わかったと答えていた。

少しすると私のLINEアカウントに、出て行くと言われたほうの息子から「出て行くって言ってるけど、大丈夫かな」と連絡が入った。「大丈夫だよ。出て行ったとしても、いつか帰ってくるから」と返しておいた。心配ではあったが、難しい年頃なのはわかっている。それでも、出て行くという子を止めないわけにはいかなかった。だから、「あなたが出て行っても暮らしていけるわけがないので、お母さんが出て行きます。私はいくらでも暮らしていけます。パソコン一台あれば。それでは」と伝え、本当に荷物を持って家を出た。車で近所の喫茶店まで行きコーヒーを飲んでのんびりしていると、会社にいる夫から連絡が入った。今から家に帰るということだったので、私、家出してきてるんよと伝えると、またいつもの喧嘩が始まっているんだなとすぐにわかったようで、「下らないことしてないで早く家に戻って」と返事が来て、私の家出はたかだか一時間程度で終了した。その後、息子とは互いに悪かったと思う点を謝罪し合って、和解した。

後日、家を出ると告げられたほうの息子が私に、「あいつ、出て行かなくてよかったなあ」と言った。「そうやね、まだ十六歳だから、出て行くって言っても無理があるよね」と答えた。「心配した?」と聞くと、「心配したよ。あいつが出て行ったら、俺は生きていけない」と彼は神妙な面持ちで返した。その言葉を聞いた私は、とても驚いてしまった。あいつが出て行ったら、俺は生きていけない。いつの間に、二人の息子たちの間にそこまで強い結びつきが生まれていたのだろう。

私が一人になりたいと思えるのは、家族がいずれ戻ってくることを知っているから。そうでなければ、とてもじゃないけど、一人きりで生きていくのは難しい。山あり谷ありの数年を過ごしてきたが、息子たちは知らぬ間に成長し、互いを家族として大事に思っていたことがわかり、安堵した。これから先は、緩やかにつながりながら、互いを支え合える家族になれればと考えている。

本書は、過去数年間にわたって書いてきたエッセイと、書き下ろし数篇をまとめたものだ。息子たちの成長とともに、私の気持ちや悩みも移り変わっていることが読んでいただけると思う。これからどんな生活が待ち構えているのか私には見当もつかないが、きっとどうにかなるものだと思う。自分自身を大切にするのを忘れない限りは。

二〇二二年十二月

村井理子

初出一覧

- ■あの頃の私に言ってあげたいこと……「母の友」2020年5月号
- ■肩の力を抜いていこう……「PHPスペシャル増刊号」2022年5月
- ■これからの母……「母の友」2016年1月
- ■『母親になって後悔してる』……「京都新聞」2022年6月24日
- ■卒業……「群像」講談社、2022年5月号
- ■ママ友と私……「静岡新聞」2021年6月9日
- ■子離れと嫉妬……書き下ろし
- ■わが家の欅……「谷口ジローコレクション」2021年 小学館
- ■人とともに生きるということ……暮しの手帖別冊『わが家の家事シェア』2020年12月
- ■ハリーくんとの冬……不詳
- ■ハリーくんという犬……書き下ろし
- ■仕事場を作る……書き下ろし
- ■古い家を買いたい……書き下ろし
- ■私の住処……「SUUMO」2021年12月17日
- ■はやく一人になりたい！……書き下ろし
- ■基本は翻訳……「京都新聞」2022年2月14日
- ■もしも書けなくなったら……書き下ろし
- ■親愛なるケリー……「文學界」2019年2月号
- ■若さと食欲……「大人ごはん」vol.4
- ■動物好きのパン屋さん……「考える人」2022年3月28日
- ■母とタータンチェック……『家族』特設サイト 2022年1月26日
- ■「家族」のあとで……『家族』特設サイト 2022年2月2日
- ■昭和と暴力……『家族』特設サイト 2022年2月9日
- ■兄と発達障害……『家族』特設サイト 2022年2月16日
- ■ガラスの向こうの母と兄……『家族』特設サイト 2022年3月8日
- ■駄菓子屋の焼きそば……『通販生活増刊益軒さん22年冬号』
- ■あの日のケーキ……「窓辺」（静岡新聞）2021年6月
- ■ようやく受け入れた故郷……「窓辺」（静岡新聞）2021年4月
- ■折れた心と阪急そば……「あまから手帖」2019年9月号
- ■青峯プール……書き下ろし

村井　理子（むらい・りこ）

翻訳家・エッセイスト。1970年静岡県生まれ。

訳書に『ヘンテコピープルUSA』（中央公論新社）、『ゼロからトースターを作ってみた結果』『人間をお休みしてヤギになってみた結果』（ともに新潮文庫）、『ダメ女たちの人生を変えた奇跡の料理教室』（きこ書房）、『黄金州の殺人鬼』（亜紀書房）、『エデュケーション』（早川書房）、『メイドの手帖』（双葉社）など。

著書に『ブッシュ妄言録』（二見文庫）、『家族』『犬（きみ）がいるから』『犬ニモマケズ』『ハリー、大きな幸せ』（以上、亜紀書房）、『全員悪人』『兄の終い』『いらねえけどありがとう』（以上CCCメディアハウス）、『村井さんちの生活』（新潮社）、『更年期障害だと思ってたら重病だった話』（中央公論新社）、『本を読んだら散歩に行こう』（集英社）。

Twitter　@Riko_Murai
ブログ　https://rikomurai.com/

はやく一人《ひとり》になりたい！

2023年2月1日　第1版第1刷発行

著者　村井理子

発行者　株式会社亜紀書房
〒101-0051　東京都千代田区神田神保町1-32
電話(03)5280-0261
振替00100-9-144037
https://www.akishobo.com

装丁　鳴田小夜子（KOGUMA OFFICE）

装画　牛久保雅美

DTP　コトモモ社

印刷・製本　株式会社トライ　https://www.try-sky.com

Printed in Japan　ISBN978-4-7505-1774-2　C0095

家族

村井理子

舞台は昭和40年代、港町にある、小さな古いアパート。幸せに暮らせるはずの四人家族だったが、父は長男を、そして母を遠ざけるようになる。一体何が起きたのか。家族は、どうして壊れてしまったのか。ただ独り残された「私」による、秘められた過去への旅が始まる。謎を解き明かし、失われた家族をもう一度取り戻すために。

『兄の終い』『全員悪人』の著者が綴る、胸を打つノンフィクション。

四六判／192頁／1540円（税込）

黒ラブラドール・ハリーくんシリーズ

犬《きみ》がいるから
犬ニモマケズ
ハリー、大きな幸せ

村井理子

黒ラブ「ハリー」くんがわが家にやってきた！

元気いっぱいでいたずら好き、甘えん坊のハリーはぐんぐん大きくなり、家族との絆も深まっていく。

現在、体重50キロ、デカい。とにかく食欲、止まらない。

大型犬であるラブラドール・レトリバーの飼い主には覚悟が問われる。

それでも、パワフルだけど優しくて、そしてチャーミングな犬との暮らしは最高だ！

愛犬と暮らす愉快でやさしい日々を、いつくしむように綴る大人気エッセイ集！

四六判／192頁
1650円（税込）

四六判／180頁
1430円（税込）

四六判／176頁
1540円（税込）

文にあたる

牟田都子

本を愛するすべての人へ。

〈本を読む仕事〉に出会って10年と少し。無類の本読みでもある校正者は、今日も原稿をくり返し読み込み、書店や図書館をぐるぐる巡り、丹念に資料と睨めっこする。

1冊の本ができあがるまでに大きな役割を担う校正・校閲の仕事とは？

人気校正者が、書物への止まらない想い、言葉との向き合い方、仕事に取り組む意識について——思いのたけを綴った初めての本。

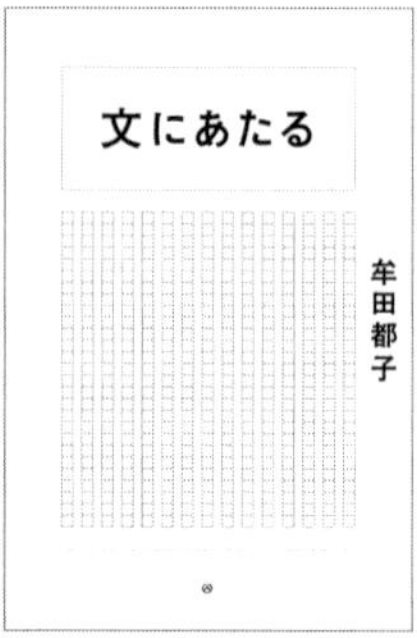

四六判／256頁／1760円（税込）